臺南作家作品集

素朴の心

張良澤 著

市長序　文學為鏡而照見古今，人文薈萃乘南風拂來

由文化局所出版的「臺南作家作品集」，自二〇一一年起，每年一輯，今年已是來到第十輯，在過往所收錄並出版的作品集，成冊集結宛如將夜空璀璨閃爍的星芒，十年光景凝縮其中，除了搜羅上一代優秀的文學作品，更鼓勵下一代的在地創作，促使「文學」化為一面明鏡，不只照見文壇的古往今來，也映照出臺南隨時代而變遷的種種樣貌。

臺南敦厚的風土人文，在賢人雅士們的筆耕墨耘下，篤實地刻寫在冊冊扉頁上。幾百年來，隨之所積累出的文藝涵養，有時藉以傳統戲劇的身段、台步，搭配著鑼鼓的喧嘩樂音，生動地演繹了對這片土地的文史情懷；作家們透過小說、散文，書寫在地的日常風景，讓人們對古都的記憶得以延續而流傳；時有詩人朗讀的細軟呢喃之聲，讚嘆著南方季節的更迭與自然環境的萬千變化——歷史如大河奔流、氣勢磅礡；先賢有云：「為天地立心，為生民立命，為往聖繼絕學，為萬世開太平。」時代如巨輪，永恆輪轉——皆是對文化傳承重要的體現，亦是身為後代所應一肩扛起，承先啟後的重任。

此次出版的作品當中，柯柏榮《記持開始食餌》為臺華雙語現代詩，展現臺語及華語的成熟運用流暢精彩，讓更多讀者得以親近臺語書寫；陳崇民《亂世英雄傾國淚》為難得的傳統臺語歌仔戲及布袋戲劇本創作，語言書寫精通純熟、歷史細節考據詳細且人物描繪深入；連鈺慧《月落胭脂巷》臺語小說文筆靈巧生動，劇情跌宕起伏引人入勝；資深作家張良澤教授彙集其創辦的《臺灣文學評論》中的編輯手記《素朴の心》，以及清華大學研究生顧振輝的論文《電波聲外文思漾——黃鑑村（青釗）文學作品暨研究集》，顯見臺南仍有許多尚待發掘的文學作家作品。

臺南是一處人才輩出的沃土寶地，不斷孕育出新一代的創作者，藉以詩歌、散文、劇作、小說等文體，演繹詮釋他們眼中的風景，多元文風和題材也讓臺南的藝文愈發茁壯、弦歌不輟、得以灌溉出這片茂盛蓊鬱的文學之森。人文薈萃如乘南風拂來，期許下一個十年，又見臺南文學枝繁葉茂、花開繽紛之時的到來。

臺南市長

局長序　此時的文學　彼時的人生流轉

南風吹拂，翻動寫滿詩牆的文字，不知不覺便隨風吟唱起悅耳的詩句。我們穿梭於總是鬧熱沖沖滾的古老城市，遙想四百年來的歷史逐一搬戲在野臺上粉墨登場直至一曲終了，心潮仍然澎湃久久無法散去餘韻。屬於這塊土地的語言如蝴蝶般飛舞躍動，落足於紙張上的筆墨化為精采生動的故事。詩、散文、小說、戲劇……許許多多的文學創作在此地滋養茁壯，形成臺南文學的獨特魅力。

時光荏苒，歲月如梭，轉瞬之間臺南作家作品集至今來到第十個年頭。本年度徵集收到十件作品，經審查評選後，最終選出三件優秀入選作品，加上二件推薦邀稿，總計收錄五件優秀作品。

臺語詩人柯柏榮的詩集《記持開始食餌》，字字鏗鏘，擁有能撼動讀者靈魂的穿透力；本名連鈺慧的臺語小說家小城綾子的臺語小說集《月落胭脂巷》，故事取自日常亦回歸日常，角色對白生動活潑，刻畫出世間的百態與人情冷暖；長義閣掌中劇團藝術總監的劇作家陳崇民的戲劇劇本《亂世英雄傾國淚》中收錄的歌仔戲與布袋戲劇本，如自古典的題材與臺灣歷史中穿壁引光，每一幕都讓人目眩神馳、如癡如醉。

而與臺南文學結下良緣的留臺學子顧振輝，其作品《電波聲外文思漾——黃鑑村（青釗）文學作品暨研究集》，是將無線電研究學界的學者黃鑑村，在過去曾發表過的作品重新梳理，替臺灣大眾小說自戰後消失的二十年當中，補上另一段極為重要的史料拼圖。

此外，在臺灣文壇有著舉足輕重的影響力，同時是知名作家的張良澤教授所創辦、編撰的《臺灣文學評論》中，每期為刊物所寫下的編者手記〈素朴之心〉，見證了臺灣文學的演進變化，也將讀者、作者，甚至是編者之心牽繫一起。

除此之外，本次評審入選作品皆為臺語佳作，可見臺語一點一滴地在本市扎根發芽茁壯，終於綻放如鳳凰花熱情、蘭花般優雅的優秀文學作品。母親的語言喚醒我們對鄉土的熱愛，透過文字的傳遞，紀錄人生的過往與未來的期望，並且更加珍重愛惜身邊的人們與事物。

時間流轉不息，臺南的前世今生依舊令人著迷不已。文學穿梭時空活躍於這座歷史悠久的土地，彼此交會形成心中最眷戀的文學城市。

臺南市政府文化局　局長

葉澤山

總序　堅持的力量

文／陳昌明

網路時代，紙本印刷不易，作家作品集的出版亦受質疑。當各縣市作家作品集逐漸落幕，臺南市政府文化局卻能持續挖掘優良作品，堅持的態度才是讓文化生長的力量。

此次作家作品集共有五冊。其中兩冊是推薦邀稿，屬前輩作家的文獻整理出版，一是顧振輝整理的《電波聲外文思漾——黃鑑村（青釗）文學作品暨研究集》，一是張良澤《素朴の心》。徵集則由十件作品中選出三件，分別是連鈺慧《月落胭脂巷》、柯柏榮《記持開始食餌》、陳崇民《亂世英雄傾國淚》。

《電波聲外文思漾——黃鑑村（青釗）文學作品暨研究集》是兩年前清華大學劉柳書琴教授寄來給我，她指導研究生顧振輝發表的論文，我看完後頗為驚訝，這本論文讓我看見日治時期的臺灣劇本與一九五〇年代的科幻預言小說，資料極為珍貴。黃鑑村筆名青釗，曾就讀臺南一中，先後創辦無線電傳習所及《無線電界》，是臺灣無線電技術的開拓導師，其著作影響深遠，此次發現的文學作品在當時有重要開創性。

淡水工商管理學院最早創立臺灣文學系，張良澤教授回臺後，擔任第一代系主任，張教授創辦季刊《淡水牛津文藝》，繼而轉型為季刊《臺灣文學評論》，兩份刊物發行共計十四年。《素朴の心》是從這龐雜的編輯手記中，挑選與時事相關，或重要文學記事，彙集成冊，僅按發表先後排比，略無連貫，卻頗堪回味臺灣文壇的文友交誼。

小城綾子《月落胭脂巷》，是一部臺語小說集。初審時編輯委員都頗欽佩，筆名小城綾子這位作者的才華，這部小說動人的情節與流暢的語言，讓我們看見臺語小說精采的表現。

陳崇民《亂世英雄傾國淚》，一共收錄了兩個歌仔戲劇本及三個布袋戲劇本，這些精采的劇作早已得過許多文藝創作獎，能在此次作品集出版，也讓作品集在劇本領域更為充實。

柯柏榮《記持開始食餌》詩集，詩的風味迷人，又以「臺華雙語」對照的方式，加上羅馬字註解，讓臺語詩寫作有不同的形式，形成另一種寫作的風貌。

雖然今年因為經費的關係，只能出版五部作品，但只要不間斷，每年都能有這樣的精采佳篇，堅持的力量，會展現文學最動人的風景。

自序

一九九七年，教育部核准全國第一所臺灣文學系設立於淡水工商管理學院（今名「真理大學」）。我奉葉校長能哲博士之命，兼任第一代系主任。翌年創辦季刊《淡水牛津文藝》，繼而轉型為季刊《臺灣文學評論》，兩刊共計十四年、六十二期。

這十四年間，是我一生最繁忙的黃金期。先是臺、日兩地奔跑，其後改為淡水、麻豆兩地奔跑。除了教學、編雜誌之外，又要照顧本校「臺灣文學資料館」（也是全國首創）。這期間，承蒙文壇諸多前輩之提攜，以及諸多同好之協助，感銘五內。

唯牛齒漸落，記憶漸失，只依稀記得那時節，與各界人士交往頻繁，但其人其事大多已忘光。不禁感慨時不我予。

所幸，當年於主編刊物之餘，都會詳記所見所感於「編者贅語」（牛津文藝）及「編者手記——素朴の心」（文學評論），合計大小紀事不下千則。如今重讀之，不禁感慨萬千。

為了紀念那段美好的日子，敢請最瞭解我的陳昌明教授替我「精選」兩百三十七則，彙集成冊。

文中或許與當時事實略有出入，然無不出自一顆素朴の心。
若能傳遞一點點火苗給後進，則幸甚。
誠惶誠恐是為序。

二〇一九年九月一日 滿八十歲於麻豆校區　張良澤

目次

《臺灣文學評論》

創刊號　二〇〇一年七月一日

※我於二十一世紀的第一個元旦，下定決心寫了一封短信，內容如下：

「廿一世紀開始之日，祝福您有個更好的願景。

回顧我六十二年生涯，說的太多，做的太少。

因此，我現在起要真正做事了。

可是，我一個人又做不了大事，因此求您來幫忙，做我的精神支柱。

承蒙真理大學校長葉能哲博士答應讓我創辦一份我夢想已久的純學術刊物《臺灣文學評論》季刊。我想這是我人生的最後一舉了，所以我必須全力以赴。

本來我應該前趨拜竭請益，可是為了節省時間和體力，只好寫這封短信向您求援，您該能體察微衷吧。（下略）

弟　張良澤印」

這封信影印了一百份，分別交給許俊雅、彭瑞金、林政華、林衡哲、林文欽諸好友，請替我邀請專家參加外，我再印二十分寄給海外人士。總計發出一百二十封邀函，意圖把台灣文學界，學術界、出版界及自由作家等各路人馬一網打盡。

※第一對回信的是鍾老大。大致如下（日文）：

「來信拜讀。期待《臺灣文學評論》誕生，並祈成功。你要我寫日記發表，初日的記事如下（略）。我的送舊迎新如是而已，但絕對是真實。雖說是生命的紀錄，但恐不成體統，有寫下來的必要嗎？『風燭』老人夫復何言？

二〇〇一、元旦　鍾肇政」

※第二封回信的是文壇老前輩巫永福先生。

全文如下：

「元旦大函敬悉。非常歡喜學兄有心欲辦理台灣未曾有的《臺灣文學評論》。這個構想只有兄才想得出。非常有意思，舉雙手贊成。這辦起來非常費心費事，必須全心全力才能辦得好，因為要好就要追蹤好稿的來源。你要我寫回想錄乙事，我以〈風霜歲月〉答應慢慢開始寫。因為我年紀大，今年八十九不講，照台灣人的講法，因忌九，講九十。總是盡力寫就是了，何時交稿，即請通知。以我的年齡要常常審稿有困難。我想可任撰稿委員。每期長短不拘寫稿，你要來定居，為辦好事，是要緊的，歡迎歡迎。

不回來定居，辦不了好事。雙頭走費力，別人看來有些不負責，所以定居有計劃地選人寫稿。要寫好的評論並不簡單，我在明大接受過小林秀雄、谷川徹三的指導，好的評論是好的社會文化甚至國家文化的指標，所以我的基金會設有二項評論獎，一是文學評論獎，二是文化評論獎。去年無好的評論書籍，不得已從欠，希望你提早回來定居，觀察各大學學者的特性，指定題目請他們寫稿，也是一種方法。

總之，希望你辦得有聲有色，在台灣文學方面文大放異彩，那就功德無量了。

二〇〇一、一、二　巫永福」

※一月二日，嘉義市的褚德三先生來信道：

「乍然接到玉函，真是愛寵若驚，為了感謝盛情相邀，我在受之有愧之中接受兩項職務。

專門學術性文章可不敢冒然出手（那是要言之有物，擲地有聲），但每期我非常樂意寫些台灣鄉土系列詩詞、散文、小說投稿，忝為台灣文學略盡棉薄之力。」

來信同時收到兩篇台語歌謠，這是本刊籌創收到的第一篇原稿。行動之快，令人口服心服。

※一月四日，高雄市洪朝枝先生回信，略曰：

「蒙你抬愛，我力有未逮也，大概只能在貴刊出刊時，多介紹朋友訂購而已。你有機會施展抱負，我樂見其成。

很高興得知你與澎湖有淵源，可否將你與澎湖有關的故事寫出，給『新澎湖』增添光彩？」

※一月五日，北投的雷驤回信，略曰：

「接到發刊預告，十分為您高興——在人生的高峰能歸于麻豆，辦一份學術刊物。好像航行世界一週的老海員終而回到故鄉河流裡泗泳一樣。

記得曾寄贈《文學漂鳥》——在日本的採集旅行記——給您，想起來，這樣的追尋台灣現代小說作者與文本連繫的發生現場，倒也值得逐一記寫呢，陳恒嘉的北投，舞鶴的台南，陳映真的鶯歌，七筆生的通宵……都有緣繪寫一趟。如果我能做，也實在是晚年的幸事呀。說不定在『學術』的嚴肅的版面上，可以作為一種調劑吧。

因為用眼過度而患了乾眼症的我，卻不敢保證何時能開始的。」

※一月六日，中研院的林美容教授來信說：

「看起來你的勁又來了。

這個期刊很重要，請你好好努力。

有機會我會為你拉稿。」

※一月九日，台北的許素蘭來信說：

「新世紀初，接您『要真正做事』的信，真是高興。

只是，我現在寫碩論寫得有些痴呆，若能按時畢業，一切再說。」

※同日，台北的應鳳凰寄來可愛賀卡，裏面寫道：

「《臺灣文學評論》創刊，是新世紀第一件好消息！如果是我的研究範圍之內的，都很樂意加入。」

※同日，林政華主任轉來彰化康原兄傳真，說：

「邀約之事，弟願全力以赴，只怕我能力不夠。但我會盡力而為。」

※一月十日，三重市的歐宗智來信：

「頃奉林主任政華寄來徵文通知，茲有談李喬小說論文乙篇，敬請指正。」

這是本刊籌創收到的第二篇文稿，行動之快，令人口服心服。

※一月十七日，加拿大的東方白來信說：

「欣聞你要主編《臺灣文學評論》，當然全力支持。只是有一點要求你——要嘛就不辦雜誌，一旦辨了，至少得堅持三年以上，否則就算不得『有頭有尾』的『台灣郎』！

二十年來，只寫了《浪淘沙》《真與美》。這兩書，不多，但夠厚了，可以對得起台灣父老了。」

※一月十九日，美國的陳惠亭醫師來信道：

「接到您的信，一方面自愧已無幹勁，一方面真佩服您的效率十足，為台灣大學走從，自然有力之故吧！

我在《太平洋時報》掛名發行人，董事長是北加州大企業家顏永財、莊和子夫婦，他們答應每年支助五萬。現在內容進步很多，但訂戶仍然多不出來，台美人訂報不踴躍，文化水準平平。不過想來一定要靠台灣本土本島的努力，才有真正的成果。」

※一月二十三日，美國的黃娟女士來信稱：

「正奇怪你這個大忙人怎麼會有來信，原來是『無事不登三寶殿』啊——！一笑！當然你的事，不但不是私事，而且是為『台灣』，為『文學』，我們應無二話，要全力投入的。

可是我目前在寫一部較大規模的書，分上、中、下三冊，各十五萬字。折騰了三、四年，才完成了第一部，剩下的兩部必須全力投入。否則日漸老衰之後，後果不堪設想。

但交代之工作，我大概只能不定期地參與。實在是心有餘而力不足，務請諒解為禱！」

※一月二十四日，美國的郭松棻來信道：

「我自三年半前，嚴重中風，右手已不能寫字，您所托的工作，一時無法效命，實在抱歉。我連中文字都忘了許多。我簡單用左手寫這幾個字，請您原諒。祝《臺灣文學評論》成功。」

得此幾字，珍貴無比。上天保佑您的右手早日康復，再為台灣文壇效命。

※一月二十七日，日本的簡月真小姐來信（日文）大意如下：

「《臺灣文學評論》將於七月一日創刊，可喜可賀。唯我雖關心台灣文學，但因專攻語言學，恐無法撰述文學研究。只要我能效勞的事，敬請交代為盼。」

※一月三十日，士林的曹永洋來信，略道：

「一轉眼我們已走在人生的最後一段征程。每一次在前衛出版社看到您的新著，挖的文化寶，想到你為阿母台灣文學、歷史所做的奉獻，真為你感到驕傲。

本刊創刊後，如需寫稿，我會遵命照辦。至於掛名與否，無所謂，準期繳稿才是夠朋友。

最近看到漢譯《川端康成與三島由紀夫書簡》，前塵往事，頓時一幕一幕如在眼前。三島切腹那一天，我在家看了電視，跑去辦公室告訴你……這些事已與你的演講長存於歷史之中。」

※二月一日，淡水的鄧鴻源來信稱：

「教授熱忱，令人感佩，弟非專攻文學，不敢任審稿委員，擔任撰稿委員可以。」

※同日，七等生投來幾字如下；

「良澤兄：久未謀面，特此祝賀新年好。　弟七等生　上」

寥寥三行毛筆字，令我高興不已，以為此公專門泡在通霄的鹹鹹海味的老酒家女的乾癟下垂到肚臍的乳溝中而夢想昔日黑眼珠的處女芬芳的毛茸茸的陰溝而不能自拔，沒想到竟然還記得我這個濶別四十載而未嘗通過信的既是文友又是宿敵的歸人，怎不叫我存於幻想與現實同時存在的七等生世界中？

更高興的是，同封寄來一篇論文，題為〈七等生的夢幻——兼社會學的實在論〉。據稱：這篇論文是黃美英女士在中央研究院的某一個字紙簍中撿到的，不知作者為誰。

我看這篇論文參考英文書目至多，分析精闢，猜想作者必是武林高手。本刊獲此至寶，必能轟動萬教。可惜本篇已收於《七等生全集》中，且已發排。本刊為了避免一稿兩用。只好割愛。另講七等生於醉酒之餘，偶而為本刊操刀甚幸。

※同日，美國的林俊育來信道：

「本人愛好台灣史學，曾與曹永洋老師去台灣文學系採訪您。現旅居美國波士頓，一年回國兩三次，茲應徵義工，希望在有生之年能為台灣文學做點事情。」

※二月二日，師大許俊雅教授來訪日本，見面就送我一疊回條，原來許教授代發我信時，另加一紙回條，讓收件人自願打V。許教授辦事細心，講求致率，令我欽敬不已。回條中，有的附言如下：

1「轉來張良澤兄信悉。我也受託徵詢南部文友同意，但尚未回信張兄，現在乾脆請您一併通知：南部同意文友有葉石濤、呂興昌、黃武忠、陳萬益、林瑞明及我六人同意，煩請順便告知祈。

彭瑞金　元、十四」

2「謝謝你的邀約。良澤兄發此宏願，我們當盡力而為。

洪銘水　元、十二」

此外答應擔任本刊審稿委員及撰稿委員芳名如下：林淇瀁、陳義芝、施懿琳、康原、邱貴芬、廖振富、簡義明、陳明柔、劉紀蕙。

此外，答應擔任一項委員或自由撰稿人芳名如下：陳芳明、黃美娥、浦忠成、張恆豪、許素蘭。

※二月三日，永康市的方耀乾來信說：

「葉校長願意支持創辦純文學評論刊物，是天大地大的好代誌，葉校長的遠見令人敬佩，前輩的用心令人肅然起敬。晚輩樂意效勞，只要前輩認為可行。」

※二月四日，日本吉備國際大學岡崎郁子教授來信（日文）略云：

「張先生辛勞編輯《淡水牛津文藝》雜誌的新風氣。如今更進一步創刊文藝評論的專門雜誌，其勇氣令人敬服，其堅定的意志更叫我感動。只要我能力所及，都願意擔任兩項委員工作。

為了趕上創刊號，我即刻準備稿件，不日寄上。」

岡崎女士於數日後寄來大論文〈戰後台灣の日本語文藝研究——黃靈芝を中心として〉，為本刊籌創收到的第三篇文稿。行動之快，令人口服心服。

※二月五日，行吟詩人何瑞雄心血來潮，行吟迷路於麻豆校區。臨走前丟張紙條給校衛。二十天之後，我返回麻豆校區，校衛即刻把揉得滿臉皺紋的紙條交給我。上面寫道：

「良澤吾兄：收到信，極感激。第一次到真理大學，環境美，夕照可愛。打通電話，明知寒假期間，還是來看看《台灣文學館》所在地的大學，保重！

老友多保重呀！

弟瑞雄二月五日黃昏」

※同日，加拿大的東方白又來信云：

「你雜誌要辦到『死』為止？太好了，也讓我誇個海口，只要我『不死』，就為你寫到『死』為止！哈哈哈……先交給你刊頭設計，不叫《伏羲的腳印》（太中國味了），改叫《思想起》（才夠台灣味！）。台灣人太缺少思想了，需要短小精悍的哲學警句，這我已寫了三十年，游刃有餘，足夠應付你的雜誌。

我夠行動派吧？給你吃一驚？免驚！免驚！好酒沈甕底，好戲在後棚！」

※二月八日，新竹林柏燕來信道：

「您一直做極有意義的工作，可惜台日兩頭跑，常常無法一貫施展。弟極樂意幫忙。但文學評論路程坎坷，除非真理大學全力支持，弟已於去年七月自高工退休，八月即轉任新竹文化局，全力為文化而努力，反而更忙。」

※同日，美國的許達然來信道：

「你創辦並主編《臺灣文學評論》實在是大好消息，使我振奮。是我多年來期盼的台灣文學研究學術化的學報。有什麼我能做的，請隨時告訴我。」

許達然教授於一九八〇年號召海外學人成立《台灣文學研究會》，我應邀參加，當時成員皆屬海外校佼者，活動了十年，對島內文壇貢獻頗鉅。期望許兄或林衡哲兄把這段歷史記載下來，以供台灣文學史家參考。

※二月十二日，旅日美術家王雪齡小姐設計了三張本刊封面，極為精美，雷驤也自願設計封面。等各家作品齊全後，再定奪。

※二月十三日，李魁賢於民眾日報的《愚人手帖》專欄發表了《臺灣文學評論》一文，首段寫道：

「獲悉張良澤在真理大學葉校長支持下，要創辦學術刊物《臺灣文學評論》季刊，不勝期盼的夢想，終於有理想的單位和人選要進行，特別高興。」

細讀內容，始知台灣筆會在推動成立台灣文學系之後，即著手企劃《臺灣文學評論》雜誌之出刊。企劃書中規劃三大內容：專題研究、優秀論文及文學思潮之評論，另有文學活動、文獻索引、書評等篇幅。可惜因找不到贊助者而作罷。原來李兄在一九九七年就擬訂了這份企劃，難怪這次他會這般高興。本刊將努力朝此方向前進，才不辜負「生母」之恩。

※二月十四日，台南的藍淑貞女士來函表示恭喜。並願擔任「特約審稿」之工作。感謝之餘，也請她偏勞擔任「聯絡人」工作。拜託，拜託。

※二月十五日，美國的顏敏政博士因看了《太平洋時報》的啟事，即傳真送來一稿寄望本刊，看其簡歷，始知年齡少我一歲，可是早在一九七二年就取得普林斯頓大學博

士學位，再研究福佬語文學已有二十年。可謂藏龍臥虎，到處都有高手。然其本人謙稱「願貢獻微力」，本刊當然如獲至寶。

※二月二十一日，收陳千武先生寄來一稿，題為「台灣的新詩精神」。陳長兄一向以行動支持我，不，該說以行動領導台灣文壇，是眾人敬佩的大前輩。

※二月二十六日，請葉能哲校長題斗大的毛筆字，曰「台灣文學評論」及「台灣文學資料館」兩幅，字如小學生，但見真與樸，甚合我意。

※二月二十七日，收到《淡水牛津文藝》的作者葉素蘭小姐寄來簡歷表，自稱「曾任壽險行銷五年，國內旅遊服務七年，無有高深學歷證明，全憑勤修實力做事」云云，這樣的人材，我們最需要。

※前此，去年十月，《淡水牛津文藝》第八期刊出徵求義工啟事之後，即收到夏瑞晶、褚德三、黃明峰、張勇祥、杜武志、陳煒欣、曾進豐等諸讀友的熱烈回應，令

人感銘肺腑。他們之熱愛文學，願意奉獻於文學工作的精神，將是支撐本刊的最大精神支柱。

※以前投稿《淡水牛津文藝》而未用的大作，全部移交本刊，俟機發表，絕不會散佚。

※「台灣文學資料館」新館特設「作家手稿」專室，無論有名或無名作家，只要是手寫的原稿，都將永久陳列於該室。因此寄望本刊作家，請將手稿捐贈給本館，讓後人來觀賞。

※三月六日，與編輯助理高坂嘉玲小姐往訪鍾肇政老大，兩年不見，突覺老了許多，老姊的地瓜粥、地瓜葉令我重返童年，但老大的咳嗽令我心痛。本刊原定長期連載鍾老大的「廿一世紀日記」，終成泡影。一來鍾老大說每天都記吃藥的事，很無奈；二年來我不忍再增加他的負擔，看他與老姊倆輪抱可愛小孫女，心想以後不該再來打擾了，因老大看到老弟，就會興奮大叫；一大叫就會咳嗽；一咳嗽就會氣喘而臉孔紅漲，

吾豈忍心旁觀？但祈禱上天保佑他活到百歲，看看本刊的成長，余願足矣。

※三月十六日，呂新昌來信，內附「總統府資政」鍾肇政名片。原來他從鍾老大處得悉我在招兵買馬，便自告奮勇報名參加「義工」，令我感激不已。

想起呂新昌，可能是國立台灣師大最早研究台灣文學的學子，他的《鐵血詩人吳濁流》、《吳濁流評傳》，二十年前既已拜讀。如今以萬能技術學院副教授之尊，屈就本刊「義工」，足見此公之謙卑與好學。我由衷致敬。

※三月十七日，承印本刊的方志信來函，自願為本刊設計封面。方兄非一般廠家市儈，而是美工專家也，秋雨印刷廠推介此君，與我理念投合，助我編排版面，必可編出清新不凡之面貌。封面設計之事，因早前已託旅日青年美術家王雪齡小姐設計，故可互相參考比較，再決定之。

※三月廿三日，突接美國謝慶雲先生寄來一稿，是美國人 Vern Sneider 所寫的小説〈一桶蚵仔〉的試譯稿。編者寡聞，不知這篇小説底細。幸得謝先生信中簡介道：作

者原是情報官，於一九五〇年參與軍事顧問團被派駐台灣，由其台灣見聞而寫成悲情故事〈一桶蚵仔〉。該作者另有一部以琉球為背景的喜劇作品〈秋月茶室〉，成為百老匯名劇，連續演了一千五百多場，也曾由馬龍白蘭度主演成電影。由於作者精通日語與台語，故其英文作品中，多採用當時慣用的台語或日語的詞彙，以表現台灣的地方色彩與時代色彩。云云。

我略讀了謝先生寄來的第一章試譯，覺得很有價值，但不知全篇佈局如何，故請譯者把全文譯出，本刊再做考量。也許這又是台灣文學史上的新發現也說不定。

※三月廿四日，雷驤依約寄來〈作家與風土〉專欄第一篇稿子，並附三張寫生原圖。他答應每期寄來的原圖捐給本校資料館。則不但本刊因他的文與圖而增添生氣，而且資料館因收藏他的原畫而可能享譽中外。吾校何其幸也！我必設「雷驤專櫥」，永傳子孫。

※三月廿六日，寄出「特約審稿委員」、「特約撰稿委員」、「特約聯絡人」三項外聘人員之聘書共一百八十份，可謂網羅了各界關心台灣文學之人士。然因無法聯繫者大有人在，敬祈各方文友自薦或他薦，共同奮鬥，共同經營本刊，讓後世子孫引以為傲。拜託！拜託！

※同日收七等生（劉武雄）來信稱：二月一日寄來的那篇不知名的論文，已查出原來是台大社會學博士、南華大學副教授蘇峰山先生的大作，並已獲得作言授權發表。七等生願意先給本刊發表，以後再收入全集。我一聽，雀躍三尺。七等生對本刊之厚愛，實令我磕頭三響。

即刻將此篇傳奇性的論文發表於創刊號，以饗讀者。

※同日，龜山獄中朋友黃家源君來信稱：

「對於《淡水牛津文藝》的停刊，感到相當難過和遺憾。如此優秀之刊物竟短短兩載就消聲匿跡，相信令很多愛好文學者痛心。」又稱：「受刑人的生活是枯燥乏味的，感謝一年多來，《淡水牛津文藝》陪我每個夜晚，心靈這般充實。弟致力於文學十餘載，而今因不雅之身，頻遭文學界許多人士排擠和品德質疑，為此情緒常處低潮，難以振奮。欣見《臺灣文學評論》即將誕生，令我由憂轉喜，我謹以誠摯之心祝禱，看好她的未來，加油！」

兩年的《淡水牛津文藝》使我心交多位獄中朋友，是最大的收獲。我相信每個人都有罪，只是沒有被發覺而已。生活在獄中，未見得是不幸，有足夠的時間看書寫作，並可日夜自省自思，或許可以培養出一個大文豪或哲學家。勉之哉！家源君。

※三月三十日，東海大學吳福助教授回信稱「今後定當竭力效勞」，並惠贈二書。洵謙仲飽學之士，堪稱學界典範。

※三月卅一日，張勇祥來信稱：正在成功嶺服役，日後有機會想一遊景色優美的麻豆校區云。

※四月二日，李長青來信稱：「接到聘書，十分驚訝。以我資淺的文學經歷，竟被看重而邀約擔任特約委員，著實不安。我非常願意共襄盛舉，希望以義務職來進行。」感謝！感謝！

※同日，李雲騰先生惠贈台、日對譯詩歌集《歷經烽火》，以詩歌傳播台語，用心良苦。敬服不已，

※四月三日，黃騰輝先生寄來日文信，略謂：「拜領台灣文學評論的『聘書』，慌恐之至，謹賀貴刊誕生，願盡微力共襄盛舉。」再謝！再謝！

※四月五日，陳建忠博士來信稱：「日前收到老師所發之聘書，邀晚輩擔任特約委

員，令無才晚輩頗感慚愧，然將來若有需要效力處定當盡力以赴。」同時附來一篇大作，可謂劍及履及，不愧為年輕學者之風範。

※四月六日，洪嘉鈺小姐寄來文圖並茂的長信，編者捨不得全文公開。茲抄幾行，供讀友共賞──

「哇，嚇我一跳耶，驚喜！不過，這份聘書……So 您給我寫作上有了肯定，我就接受下來，心領了。」

「哦對了，我是個女生……您有沒有寫書？可以贈書給我學習與認識您嗎？……」

編者先向妳致歉，妳的住址是從《淡水牛津文藝》投搞名單中抄來的，誤以為男性，不料卻是這麼多才多藝的女詩人，格外高興。尤其妳願意將二百多首詩作捐出，則文學資料館將更光彩。務請以掛號直接寄本館為荷。

※四月七日，陳金順兄回信道：「小弟只不過是一位專科畢業生而已，獻身台語文學運動佮創作五、六冬來，成績有限，無想著汝無棄嫌，……若攏無做代誌，實在對良心袂得過，若有需要，儘量吩咐就是。多謝！」真是可愛 e 青年！感謝汝送阮二本《島

鄉詩情》。

※四月十日，林世翔君來信略稱：

「一日為師，終生為父。受教於您四年，沒有好好的接受您的指導，是我最大的遺憾。我將努力的充實自己，盼來日能再相見，好好的接受您的指導。另一方面，看著資料館的日漸成長，我知道您有一番大計劃在進行，也希望有一天自己能貢獻一點心力，我會為這一天的來臨做好準備的。收到聘書，我有點受寵若驚，想想自己的能力，更是無地自容。一直考慮是否會要退回，不過，老師有任何需要幫忙的，學生我當然要義不容辭，所以……」

讀著信，令我想起三十年前，我初回母校成大任教，遇到張恒豪、張德本、許素蘭等一群狂狷之士。而四年前，我再度返台，兼任天下首創的本校台灣文學系，也碰到林世翔等一群狂捐之士，我預知三十年後，這些狂狷又將主宰台灣文壇而無疑。

※同日，收到加拿大陳錫疇（陳存）先生回信並惠寄大作一稿。陳先生為旅加化學工程師，卻研究台灣諺語與台語甚深，實屬難得之前輩。

※同日，又收到從澎湖寄來的《新澎湖雙月刊》一套。西嶼島為我的二度初戀（有語病）的聖地，後又當兵駐島半年。三十五年來未曾重遊舊地，今接此雜誌，除佩服默默為鄉土文化耕耘的一群海島人之外，更引起我無限遐思。有機會一定要去見見你們。

※四月十日、十二日連續接何瑞雄老友寄來著作一疊。懷念別來無恙否？幾時把你床下那堆未發表詩稿捐給本館？幾時才要為本刊撰稿？來去無蹤的行吟詩人呀！

※四月十七日，美國林俊育兄回信表示「盡力而為，共同為台灣文學努力」。又據稱林兄與哈佛大學燕京圖書館前副館長賴永祥教授頗有交情。本刊及本館正需這位老前輩之指導，請代致候。

※四月二十日，劉和通教授回信道：「承蒙恩師不棄，負予重大任務，當竭盡所能，不辱使命」云云。我當年十九歲教出來的第一屆學生，敢不聽師命？哈哈！學生當大教授，老子老矣。

※四月廿二日，黃明峰老弟回信道：「六月即將畢業碩士，接著服兵役，服完兵役就可為台灣文學打拚。」寄語軍中多保重，並可在軍中傳閱本刊，以提昇國軍之人文氣質與戰鬥意志。

※四月廿四日，收到旅日青年女畫家王雪齡的封面設計，前前後後共為本刊設計了六種封面，辛苦之至。最後本刊決定採用以葉校長題字所做的各種變體。根據王畫家的解説：台灣文學的命運坎坷，曾被抹黑、抹殺，也受中國文化的影響；但在混亂動盪中成長，直到現代的台灣文學。我深表贊同，不過她最擔心的是把前輩畫家雷驤的作品拿來當插圖處理，恐怕失敬。我告訴她：「雷驤是性情中人，只要版面設計新鮮有力，他豈會計較小節？」不知雷公對此設計滿意否？不知讀者有何高見？請提供寶貴意見。

※同日，國內第一號電子物理博士錢鴻鈞來信，自動報名願當義工，激情可嘉。足見你我同受鍾老感化，可謂同門兄弟。寄來厚厚一疊〈鍾老一九八四年訪美日記〉，資料可貴，但可叫我又得花上一年工夫去抄寫了。

※託鍾老大打聽到陳火泉先生遺族之後，我與戴助手於四月廿六日往訪其哲嗣陳正

信兄於台北府上。此行目的在説明數年前，某友人交給我一本陳火泉手稿影印本，題為〈吾友〉。陳兄説此日文手稿確屬其父手蹟，但從未看過亦未聽説過。我認為這篇小説是〈道〉的續篇，若要研究「皇民文學」的深義，則非研讀此篇不可。陳兄答應全權授我翻譯出版，並要求我完全忠實於原著，不必潤飾。其實這也是我最渴望的。原文與譯文將於本刊下下期刊出，屆時必有一番熱鬧。唯原稿真本不知落入誰手？又如何流出影印本？令人費思。敬請知者賜教。

《臺灣文學評論》

第一卷第二期　二〇〇一年十月一日

※五月二日，我於資料館編輯《郭榮桔先生文庫書目》時，麻豆鎮公所主任秘書張益隆突然領一位長者來訪，介紹之下，始知是鄉土文獻家詹評仁先生。我一時想不起此公，等他送我其大作《麻豆鎮人物誌》時，我才想起早在郭榮桔生前我就在他的書庫中看過這些書，當時人在日本，看到故鄉有心人不斷挖掘、整理鄉土文獻，甚感欣慰。

是夜，詹老一聲令下，麻豆龍虎隨即聚集於土雞店。在座的有被國民黨關過三次黑牢的，有的是退休教師，有的開工廠，雖行業不同，但談起振興麻豆文化，無不興高采烈。

我舉日本一小山村高遠町為例。此村人口少，財源缺，但自力創辦「萬葉集講座」，每年邀請專家一人講課數小時而已，二十年來從未間斷，如今已成為日本古典文學信徒的朝聖之地。麻豆為台灣文化發祥之地，自力開設「麻豆學講座」，持之以恆，不但可復興麻豆文化，更可振興台灣文化。張主秘聽得大為激動。

座中唯一的博士黃服賜教授翌日又陪詹公來訪，贈我一份「由民間志工編輯募款印製發行的麻豆鄉土教學與環境教育輔助刊物」的《麻豆情事》。雖然薄薄的一份鄉土刊物，但即刻感受到愛鄉愛土的熱忱。黃博士專攻建築，頗具藝術天分，一本探訪冊隨身攜帶，不但隨時記載文史遺跡，而且勾勒幾筆速寫，生動至極，其筆法有如立石鐵臣。

我極喜愛，請他賜稿。他爽快答應了。今後本刊有北部的雷驪，南部的黃服賜，南北相映成趣，開心笑哈哈。是日，詹公又帶我去認識港尾國小校長高錦閣，又是一位有心人，真是詹公身邊無白丁。

這四年來，我常回淡水，只認識一位淡水文史工作者張建隆兄；可是來麻豆不過數次，就發現到處有遺珠。

順便一提：當年郭榮桔博士的返鄉運動，原來是由詹公擔任總幹事——這也是奇緣！

※五月四日，偕王雪齡等往訪奇美博物館潘元石兄。潘兄是我南師的學長，他讀美術科，我讀普通科，在校時不相識，但久而久之，彼此有心交。每次來訪，潘兄及郭玲玲副館長就撥工帶我參觀。玲玲的老公是我成大的學生，每見面他就重提當年我的「名言」，害得我在女客面前大出洋相。

潘兄建議今後與本校資料館合作，我當然求之不得。

※五月六日返日本，即收到香川大學高橋明郎教授來稿，喜甚。高橋君為我當年任教筑波大學之高徒，自從聽說我在資料館做事，就陸續一箱箱地捐書寄到麻豆來。感謝之至。

※每天在研究室埋首抄寫「台灣關係書誌」，二十年如一日，可是抄書的速度總趕不上歲月。二十多年前在成大花昂貴代價影印的資料，如今皆已開始掉粉而字跡漸模糊，不得已又得重印一次；可是舊影印本又捨不得拋棄，於是每頁重新對折（因以前為了節省裝訂費而沒有對折），交給裝訂廠精裝之後，選了幾本較珍貴的寄給愛書人許俊雅教授，一來表示對她的懷念，二來感謝她對本刊的協助。

※五月十四日，錢鴻鈞博士轉來鍾老〈旅美日記〉的「前言」。鍾老一直為不能供稿而耿耿於懷。其實，只要他不氣喘，把每期的本刊審查一遍，指點改進之處，就已貢獻至大矣。行有餘力再為本刊寫幾個字，則更喜出望外。

《臺灣文學評論》

第二卷第一期　二〇〇二年一月一日

※本校台灣文學系主任林政華教授於送走第一屆畢業生之後，因另有高就，辭去本校教職。三年來，林前主任苦口婆心勸導學生上進，並舉辦多次學術活動，成果斐然，奠定全國第一系之基礎。後任者陳凌教授，原為本系創立之功臣，草創之初為張主任分勞分憂，於今接掌系務，必能駕輕就熟，使本系進入第二階的發展，洵為台灣文學界之喜慶。謹申賀忱。

※八月上旬，美國林俊育寄來發表於美國《台灣公論報》之剪報，題為〈台灣文學的開花結果〉，略云：「真理大學對台灣文學培英育才工作的用心，想必可以讓台灣文學的開花結果更加札實。期盼更多的新生代為台灣文學做前仆後繼的努力。」並對本刊極力宣揚，寄望旅美台灣人多訂閱本刊云。

林兄得其師兄曹永洋真傳，言必行，行必信。本刊能獲海外人士之支持，皆歸功於林兄之宣傳也。

※八月五日，旅行團由三地門返北途中，路經美濃，便臨時折進「鍾理和紀念館」，不巧鐵民赴小學校主持「鍾理和文學營」。我急奔館後的鍾家——彷佛回到我

的老家，弟媳帶我見鍾媽，但見她瘦骨如柴，側臥曲身望著我發楞。弟媳說老人家已喪失記憶久矣。我搓搓她的手，摸摸她的血管，在她耳邊說我是ㄌㄧㄤ　ㄗㄝ，但她毫無反應。最後我拿相機照她的臉部，當鎂光燈亮到第四次的時候，她突然展現一絲笑容。我以拍到這張「最後的微笑」為傲——鍾媽必定還記得我每次回來都要吃她親燉的烏骨雞！

※八月初，拜收池田鳳姿女士（故池田敏雄先生夫人　原名黃鳳姿）來函（日文），略謂：「恭喜《臺灣文學評論》創刊，張先生對台灣文學的熱情與意欲，令人敬佩。先生囑咐我寫稿，對故鄉台灣溢滿懷念的我正想要寫點什麼的當兒，卻因中風而病倒，無法執筆，實屬抱歉。仍希張先生為我開一扇望向台灣的小窗。」

鳳姿女士：台灣的後生小輩永遠敬仰您，請勿勞心，早日康復為禱。

※八月廿一日，旅美多年的楊立正博士突然傳真給我，略謂：「別後多年，能再次在台灣通電話，實在太高興了！聽聲音，應是別來無恙，高風亮節依舊……六月中已回台灣定居，計畫把人生已近夕陽無限好的歲月，留在生我、長我的台灣，儘管它政治紛擾、人世現實，或者整個社會仍然呈現大頭病、浮淺病和躁急不安的症兆。」

咱們在海外住久的人乍回祖國台灣，感受大致相同，甚至成為「邊界人」或「異鄉人」的不在少數。但我們仍可幹一點「不同凡響」的事啊。互勉之。

※九月十一日，東京大颱風，勉強出門會大學院生宗村美里同學。她已三次重打〈奔流〉日文稿，這次鐵定無誤，她如約交稿。下午五時再趕回大學，果然方兄寄來前天校訂的最後完整的三校稿。我將它帶回宿舍，從頭仔細再校一遍，校到晚上十時左右，無意打開電視機，竟然看到紐約的貿易大樓頂冒煙，接著有一架飛機撞上旁邊的大樓，不久，兩棟大樓像砂土一般地崩潰下去；接著，五角大廈也在冒煙……我原以為是電影鏡頭，定神一看，人們恐惶的奔逃，記者嘶聲的報導，始知這是一幕真實的地獄圖。盯住電視機畫面，直到凌晨三時。我在三校畢的回條紙上交代方兄為求本刊之完美，請勿厭煩再訂正多處；同時，我不禁寫了一句：「二十一世紀的新型戰爭開始了，人類文明面臨最大的挑戰。」

※九月十二日上午九時郵局開門了，我迫不及待地把昨夜校畢的三校稿及宗村小

姐重打的日文稿合起來包裝好後，立刻航空快遞寄出去。即使世界末日來臨，我也要把我的工作做得盡善盡美。

※十月八日，美軍開始轟炸阿富汗。正巧兩天前（週六）吾兒道功完婚。人類的幸福大概不會太久，因為地球上已無前線後方之分，炸彈、毒菌、毒氣甚至核彈都隨時有可能爆發於任何人的身邊。回想二十一世紀的第一天，我決心創刊此雜誌，冥冥中似乎預感人類文明將面臨最大的挑戰。這場戰事沒有宣戰，也將沒有終戰，人們每天都生活於戰爭中。台灣的命運更難預測，在重重內外的危機中求生存，如若台灣人依舊醉生夢死，依舊你搶我奪，依舊山頭林立，依舊吵嚷不休，則何時沈淪連自己都不知道。文學是靈魂的呼喚，大家不妨於動亂中靜下心來，讀讀文學作品，聽聽自己的、民族的、乃至人類的靈魂之呼喚吧。

49

素朴の心

《臺灣文學評論》

第二卷第二期　二〇〇二年四月一日

※十月三十一日，岡崎郁子教授來信報告參加國史館主辦之「二十世紀台灣歷史與人物——中華民國史專題第六屆討論會」之經過。會中，岡崎女士發表〈戰後初期王育德之思想與文藝〉論文。據悉陳水扁總統及李登輝前總統皆蒞會致詞，本校葉能哲校長亦擔任宗教組之主席。可謂濟濟多士，盛況空前。而岡崎女士於會中遇到熟人，即主動宣傳本刊，其愛護本刊之心可感可激。

※十一月三日，接到女詩人杜潘芳格女士之尊夫杜慶壽先生逝世之消息，嚇了一跳。這位謙虛虔敬的長者，常帶微笑而默默看著我；與杜女士同進同出，健碩無比，竟突然蒙主寵召，於十月廿八日安息主懷，享年八十。我未能參加告別會，但他的白髮與微笑永留我心中。遙祈杜女士振作起來，繼續寫下傳世之詩篇。

※同日，鍾老大來信道：舊相片臉部分不清，且年代久遠，已不復記憶云。四十年一眨眼就過去了。那張第二次的文友聚會的舊照，有三個人名想不起來，結果鍾老大也跟我一樣迷迷糊糊。影中人尚活者請通報一聲，讓我們重溫舊夢吧。

※十二月十一日，接到大阪大學博士班林欣儀小姐的今年第一張賀年卡，上面寫道：「今年的大收穫之一就是有幸能與老師結緣。拜讀大作，深深佩服老師愛台灣之心與對學術的熱忱。希望陸續出版著作，以造福有心研究台灣文化之人。更希望《臺灣文學評論》愈辦愈成功。」得此美辭，我飄飄然。

※某日，台灣文學系三年級學生男女各一利用假期來日本逛古書店。此男生於去年抱了一堆我早年編輯的《鍾理和全集》、《吳濁流全集》等書來資料館要我簽名。我驚異這些二十多年前的書怎樣得手。他說他花了好長時間在舊書攤蒐購的，我心想此君不愧為我的繼承人。此次又迢迢來東京神田古書街蒐書，真乃有心人。他說他找到一本《西川滿全詩集》，售價日幣一萬圓，問我貴不貴？我問他修習日文否？他說沒有。我說對不諳日文的人，此價貴矣，我勸他趁年輕時快修好日文再買日文資料不遲也。我又問他有無蒐集《淡水牛津文藝》及《臺灣文學評論》？他說沒有，甚至連後者的雜誌名都未曾聽過。我勸他蒐集資料不必好高騖遠，先從身邊現有的資料著手蒐集，日後便成寶貝。他唯唯應諾；返回台灣之後，不知有無實踐？

※一月十五日，收到靜宜大學許世楷兄寄來厚厚的一封函，打開一看，內有一包印刷品，原來是寄往五年前我的日本舊地址，被退回台灣，而今再轉寄到我手上的。打開印刷品，內有一個紅皮夾，上面燙銀字「TAIWAN PASSPORT 台灣」字樣，並印有台灣地圖，最驚訝的是下端竟然印了「張良澤」三字，顯然這是為我特製的護照皮夾。我尚未申請「台灣共和國」護照，姑且先將「中華民國」護照夾進去，感到一份溫馨。另有一本綠色底燙金字的「台灣共和國年曆」，同樣在下端燙印「張良澤」三字，內面插印了幾張台灣獨立建國聯盟的奮鬥歷史鏡頭，再於每頁上端印有台灣精英的證言。小小綠皮書，可供一年之記事，但有誰知道裏面包含了整整四十二年的辛酸血淚。老友許世楷、黃昭堂等人的青春全燒於此，令人肅然起敬。我雖脱隊已久，仍承賜「燙金字」，豈不令人振奮？

《臺灣文學評論》

第二卷第三期　二〇〇二年七月一日

※二月二十八日，岡崎郁子教授來函，略謂：「博士論文《戰後臺灣的日文文藝研究——以黃靈芝為中心》，送審後，有岡山大學教授反對道：『台灣文藝研究不是學問』。審查險些中斷。早年留學台大時，擬提出台灣文藝研究的碩士論文，被系主任反對而作罷。他說：『台灣哪裡有文學？』由此可見台灣文學的命運之坎坷。」

以岡崎教授之才華，研究中國文學綽綽有餘，但偏偏愛上台灣文學，受氣受辱，吾心不忍。但願台灣人勿忘像她這樣默默為台灣文學耕耘的真正國際友人。

※四月二日，應台大日文系主任陳明姿教授之邀，參加「後殖民主義——台灣與日本」研討會，主持第一單元之發表會。論文發表人有平川祐宏（東京大學名譽教授）、陳藻香（東吳大學兼任副教授）、牧野陽子（成城大學教授）三人。藉此機會我聽了一天精彩的講課，收穫匪淺。尤其會上重逢了柯慶明兄，三十年未見，已由柳條細枝變成蒼松翠柏，喜出望外。他特署名送我一本散文集，筆觸依舊青春，想起當年我請他來成大演講的風采。

※四月九日接到李魁賢兄傳真，如晴天霹靂！自從二卷二期出刊以後，心想此期已近盡善盡美，讀者必甚滿意。而今賢兄一句：「『恩愛夫妻』的相片，明明是杜潘芳格和龍瑛宗合照，怎麼會誤成杜慶壽醫師呢？」把我打入地獄！也一棒打醒我，我想起該相片已用於《牛津文藝》的龍瑛宗追悼號。自己用過的相片，怎麼都忘了呢？可見我已昏頭昏腦了。趕快寫信向雙方家族道歉，但仍耿耿於懷。

※四月十二日赴「台北駐日經濟文化代表處」換護照。此機構最早叫「中華民國駐日大使館」，斷交後改名為「亞東關係協會」。彼時，我被選任「在日台灣同鄉會」會長，經常帶領同鄉們來此抗議蔣政權逮捕忠良，每次來此便被拍照存證，有時還遭暗拳，如今，羅福全兄當了代表之後，知道他全力為台灣奮戰，故不敢打擾。姑且遞一張名片給櫃檯，請代致敬而已。不料服務員即聯絡羅代表，羅代表即吩咐帶我上樓。樓上是代表公館，清芬姊即留我吃米粉。福全兄依然精力充沛，侃侃談起他對日本政界、文化界的交往而引導他們對台灣關心。羅兄並出示他最近所作的漢詩。二十年前，他負責《台灣公論報》時，我就拜服他的文才而結識。我打算日後找學生來幫他整理舊作，出版一本別致的漢詩集。才一年未見清芬姊，竟由玉女變成玉婆，臉上皺紋及頭上白髮之

多，令我不忍目睹。可見夫婦馳騁外交戰場之累。

※四月十五日接杜潘芳格女士掛號信，遲遲不敢開封。心想不知她會如何叱責我？最後還是硬著頭皮啟開拜讀。全文如下（日文）：「收信喜樂。拜讀親切的來信，由衷喜悅，同封寄上我最喜愛的相片一張。此生幸遇最高良人（慶壽），受到大家的關注，感激終生。他永遠活在我體內，問話、答話，五十八年間的靈魂之擁抱，必將持續到我告別大地的時刻吧，再次感謝您於百忙中來信。四月十五日。杜潘芳格」

啊！仁慈的長者！

※四月二十三日，接林亭泰先生來函稱：近日內將完成一篇長稿〈我們以及我們的祖先們〉，共六代約二五〇年的家族史，約三萬字，將投稿本刊。林師身體欠安多年，還用發抖的手，一字字刻進稿紙，慷慨賜給沒有稿酬的本刊。我除了肅然起敬之外，夫復何言？

※四月二十四日，岡崎郁子教授寄來《宋王之印》的兩張書評，一張是勝又浩的評文刊於『東京新聞』「讀者欄」，一張是『朝日新聞』「文化欄」的評文。兩者都對岡崎女士所編的國江青春（黃靈芝筆名）所著的作品集頗有好評。台灣文學能在日本文壇登場，岡崎女士之功不可沒。希望她的大作《戰後臺灣的日文文藝研究》刊完之後，請她再寫一篇她的自傳，題為《漫長的台灣文學之路》，留下足跡供台灣人瞻仰。

※六月十二日，黃英哲老弟打電話來說葉老一行人已達東京，要我出去奉陪。我因有課，故叫老婆代替。此次由文建會黃武忠兄帶領葉老、鍾鐵民、彭瑞金、林瑞明諸作家訪日，聽說已在名古屋開了大會，順道來東京參觀。老婆陪他們參觀神奈川縣近代文學館。聽說老鍾感嘆道：「我們的文化典藏真像兒戲」云。

※六月十四日下午赴東京大學，參加藤井省三教授主持的台灣文學國際研討會。先由林瑞明兄談葉老印象，再由葉老發表六十年回顧。然後由聽眾自由發問。最後我起來發言道：「台灣文學已由葉老奠定雄厚的理論基礎，今後交棒給彭瑞金可也；創作方面，葉老已博得『台灣短篇小說之王』之譽，故今後不必再寫短篇小說可也。葉老今

後要寫的是一部真正偉大的長篇小說，從未寫過長篇小說的葉老必可寫出一部傳世之作。」眾人共鳴鼓掌，我總算公開表露了前天向陳坤崙請託的心願。

會後，我把厚重的一本完美精裝的七十年前在日本出版的《日本地理風俗大系台灣篇》送給老鍾。鍾老弟接過書，喜極道：「找尋多年的書，終於圓夢了。我要把它陳列於理和紀念館。」我怕他提不動，要替他郵寄到台灣，他卻不忍片刻離手，寧願自己扛回台灣。

※六月三十日，赴天理大學參加〈天理台灣學會〉第十二回研究大會。此次發表除片田康明、中島利郎、川瀨健一三位日人教授之外，其餘皆台灣留學生：張桂娥、傅奕銘、張文薰、阮文雅、王惠珍。一位來自台灣的林子超，看到這些新台灣人精心鑽研台灣文化，想起當年的孤軍奮鬥，真有今昔之感。但願新人能持久戰，直到永遠永遠。

《臺灣文學評論》

第二卷第四期　二〇〇二年十月一日

※七月三十日赴桃園機場，迎接共立女子大學師生十八人，開始為期九天的台灣文化之旅。每年暑假我都帶領日本學生訪台，而後就有多人寫台灣研究的畢業論文，此乃我的目的之一。宣揚文化，是要點點滴滴做起的。

※八月十六日，與國史館台灣文獻館劉峰松館長約好於奇美博物館相會。我陪本校蔡博元主任前往。目的在洽談劉兄的構想「台灣日治時期日文史料翻譯人才培訓計畫」。奇美基金會潘元石原則上答應出資委託本校培訓，由國史館提供師資，本校負責行政，試舉一年，成績好的話則繼續辦下去。潘館長有錢，劉館長有人，張館長無錢又無人，但三人聚一起，幾句話就定案了，再來就看蔡主任的行政效率了。

※因我家未歸化日籍，故女兒嫁日人歸夫籍，必須有台灣的戶籍謄本。遂於十六日下午，請方志信兄帶我去台南市東區區公所。公所職員問我最後的地址時，我只記得「青年路神學院附近」，職員抱了數本戶籍原本，說青年路已拓寬，區域已重劃，苦無正確的舊門號，則如海底撈針。果然方兄與我翻閱半天，茫無頭緒。不得已，方兄載我去現場，想要確認現在的門號。到了神學院門口，看到慈恩堂依舊，頓生親切感。可是

走到囝仔仙廟，這一段的店面全改，樓房櫛比，來回數趟，還是找不到「筆鄉書屋」的舊跡。當年，我與張德本、許素蘭、黃明河三位高徒合開古書店，而我與德本兩家人住樓上，只住了一年，便舉家赴日，高徒們也另謀出路。如今，在慈恩堂與囝仔仙之間短短兩百公尺，竟找不出我的記憶。問老人，皆不知有古書店。在路頭苦思良久，望望對面的椰子樹，思索每天早上帶道功去勝利國小，帶亭亭去光華女中幼稚園的路徑，好不容易才斷定了大約五間店面的範圍。回公所報告，職員果然在這五間門號當中找到我的舊門號。職員親切的交給我謄本，問我幾年沒回來，我答道：「將近二十五年了吧。」

※八月二十四日，鍾逸人老兄特帶他的孫子鍾超然君來館參觀，小子現讀小學六年級，阿公寵愛有加，要他認識台灣文化，親自向阿孫解說館內文物。

臨走前，我請小子留言於紙板上。他想了許久，遲遲不敢下筆，最後看了阿公書包上印有一句「台灣要站起來」，就照抄了下來。我問他：「站起來是什麼意思？」他答道：「就是要獨立！」我嚇了一跳，真是有其公，必有其孫。

※八月二十六日赴淡水校本部，參加本校全體教師會議。五年前的這一天，為了「淡水工商管理學院」準備升格為大學，葉能哲校長特召開第一次全校教職員會議。當時我受命為台灣文學系主任，參加盛會，大家團結一心，制訂了本校的「大學理念」，並協力整頓校務，果然於兩年後獲教育部核准改為「真理大學」。再三年後的今天，召開第二次全體會議，目的在策定本校今後發展的方向。葉校長並宣佈教育部已核准麻豆校區設立「語文學院」，明年將招收「台灣語言學系」、「日本語文學系」、「英國語文學系」各一班新生，另有「知識經濟學院」下設四學系。總共有七學系，於明年的麻豆校區大展身手。葉能哲校長智慧超人，所創學系都是「台灣第一」，唯任教人員若不精進，則恐徒掛招牌而已。但願同仁勉之哉。

※八月二十七日，探望留學於政大的小犬道南，順便抱了一大包校稿，約曹公於志文出版社見面。五年未見曹公，一見面就遞給我兩張五年前拍攝的相片——那是闊別二十年的紀念相片。想想，自從離開士林中學以來三十年，與曹公見面不過三次，彼此都變老，但心拒絕老，故覺彼此無隔閡，三言兩語就心知肚明。張清吉社長身體變弱，還為啟開七〇年代台灣知識之窗的「新潮文庫」繼續苦幹，幸得曹公退休後全心來幫忙。台灣知識界大恩人張社長殷切待我，實感殊榮。

※三宅清子女士再三叮嚀我返台時務必前往台北永康街，有一位「張良澤」化身在等我云。八月二十七日下午，我總算撥出時間帶了高坂助手及小兒道南一同往訪。

門半掩，探頭看到一位乾瘦、蓄羊鬍的長者埋頭在切紙條。似不願有人干擾，做出拒絕訪客的樣子。我遞出名片，他態度一變，歡迎三人入座。他也遞給我一張名片，上面印著：「蕃薯國台灣歷史文獻展覽館館長洪聰益（師大歷史系畢業）」。

我迫不及待地巡視他的展覽品，以相片、圖片、單張印刷物為主，書籍甚少。每件資料皆裝框加以說明。共約三百件，件件珍品。

「當台灣的文化人太苦了。我現在完全變成生意人了，而且是奸商。」他看我慾望的眼睛，劈頭就說。既然是生意就好辦了，我想購下其中數件，但他說已全部賣給一位牙科醫生了，而且已賣給他兩批了，這第三批將於下月交貨。

他暢談他的苦經與樂經，我完全同感；問年齡，少我十多歲；問蒐集年資，遲我二十多年。但他的瘋狂程度比我更甚。我自甘拜服。

歡談三小時，竟然忘了他有約人，突然一群日本女學生在門口，他才急急忙忙打開鐵捲門，掛上「蕃薯國台灣歷史文獻教育所」的看板。帶隊進來的是久仰大名的柳本通彥先生，二十位沖繩基督教女子短大的師生頓時把館內擠得不能插足。我自告奮勇，替館主說明本館的價值及館主的苦心給學生們聽。大家頗動容，合影一張。我拿了館主贈送的舊藥袋，匆匆告辭。

洪聰益，奇人也。

※有位旅居智利的訂戶楊思棣先生，經營華園食品行。他發行《華園通訊》，把台灣的文教、政經等重要文摘彙集成冊，定期免費提供給台僑社會。當中有一期介紹本刊，楊先生特別推薦如下：

「嗨，老友！您好！

推薦您《臺灣文學評論》一書。

請訂閱！請贊助！請供搞！

本人與其非親非故，更非董事、股東、作者……。以讀者身份言：它是有價值的刊物。更緣於編者『知音難覓』四字，和海外訂戶共十七名，頗有咎感。熱愛台灣，海外絕不落人後；關心台灣，更應是多方位的。

相信您會立刻起而行，不只自己支持，也引介給您周遭的朋友！」

楊兄啊，您真是有心人。

《臺灣文學評論》

第三卷第一期　二〇〇三年一月一日

※九月二日，赴中興新村「國史館台灣文獻館」參加「第一屆傑出台灣文獻獎」評審會議，由劉峰松館長主持會議，林美容、溫振華、黃天橫、林漢章及我擔任評審。佳作不下百件，件件令人喜愛。想想三十年前，我只愛文學，不重視文獻，當時黃天橫先生是我的啟蒙師，開導我文獻之可貴。其後我才與劉峰松分頭蒐集文獻，此時除了各縣市的文獻會耆老之外，一般社會只知中華文物之可貴，而不知台灣文物之更可貴。

※九月四日，國史館館長張炎憲兄「敬邀」參加《雷震案史料彙編》新書發表會。因明晨要往高雄機場登機，無法北上，錯失良機。炎公自離日返國之後，鼓吹「台灣人主體性史觀」不遺餘力，其所編著之史書，皆將永傳為台灣人之教本。繼《二二八檔案》之後，今又完成《雷震檔案》，實為「國史館」名實相符之巨擘，不知炎公下一步計畫是什麼？如果他不恥「垂詢」敝人，則敝人或可獻一小策。

※九月三十日，德國故友馬漢茂教授之高足素萊小姐突然來信，告知馬漢茂半生經營的全歐台灣文學研究重鎮的魯爾大學研究所，已因馬教授之去世而「變天」了。所有研究台灣文學的碩士生及博士生皆遭排擠，只剩她一人硬撐。聽來多令人傷心！台灣

文學受中國文學之包圍併呑，舉世皆然；然而一位馬來西亞出身而留學德國的弱女子，只因受到馬漢茂教授之感召而踏入台灣文學之途，半工半讀到博士課程，其辛酸歷程可想而知。深盼有心人能支持她寫完博士論文而替台灣人出一口氣。

※十一月十五日，帶研究生齊藤、細矢兩人往訪高橋通先生。目的在看他手上的一件資料——《頭份公學校畢業通訊錄及文集》。真巧，高橋先生也是南師畢業的，算是長我二十年的老學長。南師畢業後，被分發至新竹頭份公學校任教。昭和十九年（一九四四年），他擔任該校高等科導師，畢業時有很多孩子去南洋或日本內地當少年兵。翌年，日本投降，高橋先生在規定一人只限帶一個背包的行囊中，藏了這本通訊錄和一些舊照片。今日他見小老弟遠途來訪，便不惜把他珍藏在身邊五十七年的寶貝獻給我。當他指著哪幾個孩子戰死時，我知道他已哭盡眼淚了。獲此文獻，我又有新的課題了。

※近年來很少上東京參加在日台灣同鄉會的活動。但聽說陳維斌醫師主辦了一場「台灣合唱之父」呂泉生來日歡迎會，我即於十一月十七日下午提前兩小時到會場恭候

了。我知道我若錯過這個機會，恐怕一輩子都難以補回，我一直後悔在台灣時沒去拜訪他，而十多年前他移居美國之後，就很少回台灣。這次他應實踐家專時代的學生之邀，首次重遊六十五年前的青春之地日本，可謂千載難逢之機會。

我等了約莫一小時，主辦人陳維斌夫婦來到，不意年輕貌美的陳太太突然向我遞出一本變黃的手稿，題為〈汗淚血〉。原來這是她父親王文欽（日名三原鴻欽）先生於昭和十九、二十年當兵時的「陣中手記」。又是一件無價之寶！這幾天我走運了，我答應將以日、中文對譯的形式發表，夫婦倆至為高興遇到知音的樣子。

再過一小時，主人公呂泉生大師出現了。白髮紅臉，健康硬朗。我即獻上本刊創刊號，說明〈阮若打開心內的門窗〉作詞人王昶雄先生所調查的一些成果，呂老先生看到終生至友的資料，感動得說不出話來。

五時半，開始歡迎會。世界一流的台、日歌唱家數人陸續上台演唱呂先生的歌曲，而後由呂先生上台述說他的半生音樂生涯，聽者無不興奮激動。

畢會前，主辦人指定我上台致謝詞。我由衷感謝這位把「台灣音樂」注入台灣人血液中的偉人，他的歌曲將世世代代傳承於台灣人心中，豐富了台灣的文化遺產。此話絕非虛假。

散會前，我特地請他題字贈言。他用動作不便的右手揮毫，題了一句：「為台灣爭光明。」一時我感動得說不出話來。

※本刊「堂堂」進入第三年，感謝各方人士之支持，更感謝葉能哲教授讓我實現夢想。可是我知道區區私立大學，財政拮据，恐難長期負擔印刷費與郵資。所幸在無半毛錢編輯費預算下，多位義工幫我撰稿、校對、跑腿，令人刻骨銘心。

人生步入晚境，理應坐等退休金（七十歲退休可領一筆完整退休金），安養天年；但我卻不安於位，老往台灣飛，快樂辦資料館、辦雜誌，目的何在？為名為利嗎？不，只是不甘讓台灣文學凋零或誤入「顯學」的幻境而自我陶醉，或被沒有良心的人移花接木而已。

半輩子的夢想至今始見成形，略感安慰。

日前有一位就讀某國立大學台灣文學研究所的小晚輩打電話給我說：她替我拉了多位同學訂閱本刊。我即報以感激之意。事後冷靜一想，她並不是說：「您的雜誌辦得很好，對我們研究生助益不少，所以大家踴躍訂閱。」顯然是看在情面上替我努力推銷而已。這位晚輩算是用心可貴、熱情可嘉，但也給我一次猛省的機會。

《臺灣文學評論》

第三卷第二期　二〇〇三年四月一日

※幾乎包羅日本政界、財界、學界、傳媒界之代表四四五人發起的「日本李登輝之友會」，於二〇〇二年十二月十五日於東京舉行成立大會。忝為發起人之一的我，亦於是日下午三時前往參加。首先通過〈會則〉，選出名作家阿川弘之為首屆會長。四時許，由台北直播李登輝先生的演講「台灣精神與日本精神」，與會人士聽得無不動容。晚間舉行懇親酒會，先由陳水扁總統及呂秀蓮副總統致賀詞。呂副總統提出台、日外交之具體方案。

我來日本二十數年，主辦或參加過有關台灣之聚會不下百場，而參加人士之多（大約二千多人）、品質之高、會場之熱情，此次恐怕不是絕後但確是空前。三位台灣首長演講的大銀幕高懸於廳堂，眾人仰首豎耳，露出敬仰的眼神，不斷鼓掌。大家聽後均主動起立致敬，其真情之流露，直令「小台灣人」的我感到自豪自慰。儘管日本政府畏於「巨人」中國的威嚇而不致封台示好，但日本朝野的個人都覺得愧對台灣，尤其對李登輝先生更是視如「日本文化之師」。

從前，台灣人效法「日本精神」；今後，日本人恐要師事「台灣精神」。台灣人勉之哉。

※十二月廿八日，一行人赴機場返日，我接待木村教授母子再返秀水，開始張家歷史的專訪。

數年前，我曾在日本發表一篇隨筆，題為〈母親的蛋〉，描寫家母持家之辛勞。木村教授特別欣賞，影印拙文到處宣傳。此次初遊台灣，諒必對台、日之文化交流發生相當影響。

因家父母年高，且學校宿舍已老舊，故於前年自永靖遷來秀水，由舍妹百合及舍弟良明就近照料。生平首次接受外國人訪問，雙親有點緊張，但談了一會兒，六十年前的日語記憶復甦，侃侃而談，由日治到戰後的生活體驗，我本人搞台灣文史，但對父母之歷史知之不詳。今在木村教授追問之下，始知父親對二二八事件時殘殺台灣人的軍隊恨之入骨。母親小學畢業後，參加通信教育，考取助產士，對日本老師崇敬有加，迄今還念念不忘，令木村教授頗覺意外。

此日，兄弟姊妹團聚，是我出國之後二十五年來的首次大團圓。木村教授見此熱鬧場面，甚覺欣慰，暢談至深夜。

翌日，全家三代人分乘四部轎車，前往五汴頭祖父家，舊日庭園已賣給人家蓋成商店，只剩半邊樓閣住著秀蘭堂姊一家人，堂姊已老，認出我時，緊拉著我的手不放。童年時隨母親從外地遷回老家，母親受妯娌排擠，兩位堂姊最疼我。千惠堂姊背我上學，秀蘭堂姊常偷拿鍋巴給我吃。

一塊三十坪的空地是父親唯一的祖產。父親有意分給七個孩子，我當場宣佈棄權，乃因長年離家實愧對父母。

接著驅車往永靖老家，日式木造宿舍，就等我們搬出傢俱，校方便要索回改建。從我小學二年起，一家九口人過著難民般的生活，如今重回舊巢，弟妹們各自找到童年時代的自製玩具、筆記本、課本等，無不感嘆興奮。尤其二弟良光找到一盒舊銅幣，那是他小時候賣枝仔冰、烏梨仔糖累積下來的私財。記得當時他邊賣邊吸滴下來的糖水，最後變成白色烏梨仔糖還硬推銷給別的孩子。他把累積下來的銅板一綑綑密封起來，記上年月日，還命名為「努力號」、「成功號」等。如今，他已家產萬貫，可是這些「小錢」是他的無價之寶。弟妹們無不感激母親半世紀來用心保存這些童年的記憶。

我走到屋後，看看當年手植的龍眼樹、楊桃樹，都已成巨木。想到不久就要被砍除，不禁欲哭。

木村教授說這種日式宿舍，在日本已絕跡，倘能在台灣保存下來多好。可是微力如我者，愛莫能助。

戴小姐幫我錄下每一角落的鏡頭，他日只能看錄影帶追憶往昔。

《臺灣文學評論》

第三卷第三期　二〇〇三年七月一日

※三月三十日，錢鴻鈞、阿嬌、阿玲與我同往龍潭訪鍾肇政老大。兩年沒來，最先叫我跳起來的是鍾宅改築成「魯冰花」手藝店（由其媳婦主持），乍時恍如回到青春夢境。

鍾老發福了，氣色又佳，我便放心地把葉校長交代的「客座教授」聘書呈上。多虧錢老弟已事前溝通過，鍾老才樂意接下。然後叫阿嬌取出二十大張全開宣紙，全長約三十公尺。鍾老聽我說明這是要他用大毛筆寫一篇〈戰後台灣文學簡史〉時，鍾老啞口無言，癱瘓似地坐在桌前。我知道這個要求太殘忍了，但為了留下台灣人的萬里長城，我不得不心痛懇求。原先叫阿玲帶錄影機來準備攝下整個製作過程，但鍾老勉強答應日後交卷，今天就錯失良機了。不過一聽鍾老答應日後交卷，我就樂得不敢留下來吃午飯，以免鍾老飯後反悔，叫我把宣紙帶回。雖然鍾大姊一再拉我要吃飯，我還是先走為妙。

錢老弟開車帶我們到北埔吃板條，順便打電話看林柏燕在不在家，結果未遇。歸程路過吳濁流故居，順便下車拍照留念。想起二十六年前，我曾來此舊宅後面的山崗上，跪在吳老的新墳前，燒了剛剛從印刷廠裝訂好的一套《吳濁流選集》共六卷；而今，人去屋空。

急急南下，至西螺，恰逢西螺大橋文藝祭，便下車看個究竟。公路及大橋兩側皆攤販，人潮擁擠，吃喝玩樂，但看不到「文藝」。幸於堤岸看到兩位藝術家展出兩座大型焊鐵作品，而這兩位竟是阿嬌的學長，一曰許禮憲，一曰郭少宗。後者還請我們到橋上喝咖啡。夕陽西下。涼風吹來，甚是愜意。

※四月三日，第三卷第二期雜誌發行之後，蔡主任慰勞本刊工作人員，於鎮上吃了一頓豐盛的台灣鄉下菜。文獻大老詹評仁先生也來賞光。每次與他吃飯時他必攜一瓶洋酒來「奉獻」，可是今天意外地帶來一張薄如衛生紙的「丈單」來。黃紙又皺又有破洞。寬二十五公分，長三十二公分。我問在座同仁何謂「丈單」？無人能回答，可見這是何等罕見的文獻。原來這是光緒十五年（一八八九年）五月，由「台灣布政使司」發給「嘉義縣業主郭萬利」的「土地所有權狀」。我一向只在書上看過照片，從未買過如此昂貴的真品。不料詹老一句：「送給你！」令我不敢相信自己的耳朵。等他又補了一句：「送你個人保存，不是捐給公家的。」我才恍悟他真要割愛。

他説他收藏許多「破爛紙」，都是從公家機關流出來的，因此他無法信賴公家機關。我亦有同感，故拜領下來，擬做為「家寶」而傳之子孫。但若子孫不肖，把我的破紙堆清掉，豈非枉費心血？因此想到我自願為真理大學創立的「台灣文學資料館」，一定要讓它永存不滅。

※四月四日，錢鴻鈞開車帶蔡博元主任、我及戴助編往訪左營葉老。此行目的是代表校長面呈「客座教授」聘書。葉老欣然接受，且答應定期到麻豆授課。鍾老、葉老皆願意為默默無名的真理大學、且是荒郊僻野的麻豆校區效命，凡我師生皆應額首稱慶。近午，因蔡主任有事，錢老弟不得不陪蔡主任離去。而我與戴助編留下來，一邊請葉老寫毛筆字，題為「我的信念」的長幅，一邊慢慢回味往事。

三十年前，成大中文系師生創設「鳳凰樹文學獎」，得尉素秋主任之全力支持，每年邀請校外人士來評審，於是，我常常帶主辦同學如王麗華、張恒豪、許素蘭、張德本等人來邀請葉老。每次來訪，都可聆聽他精闢的「特別講座」。三十年後，葉老沒變，葉太太沒變，那張書桌和那張藤椅沒變，只是書桌前面牆上多了一張心肝孫兒手畫的「禁止抽煙」的警告牌。才入小學的孫兒趁阿公不在，急急畫此禁煙圖案加上注音的

「禁止抽煙」四字，貼在阿公最容易看到的地方。難怪葉公、葉嬤提到這孫兒都會咬牙切齒！

樓下以前租給腳踏車店，現在沒租人，空空蕩蕩，只有一座小書架，擺設葉老全集共四十五卷的校稿影印本。據悉葉老已將所有藏書、原稿捐給國立台灣文學館，並由該館聘任彭瑞金兄負責編輯《葉石濤全集》。正如鍾老配錢鴻鈞，葉老配彭瑞金，一樣都是天下絕配。而今鍾老全集三十五卷已快出齊；葉老的四十五卷還在孵卵。彭兄加油呀！

葉老寫完笨拙的毛筆字，已過午時。便請我倆至附近吃餛飩湯。他家二十公尺方圓內，便有「全國最好」的米糕店、「全省第一」的餛飩店、「全台首指」的綠豆茶店……。難怪兩老叫我們又吃又帶，於雨中依依告辭。

素 朴 の 心

《臺灣文學評論》

第三卷第四期　二〇〇三年十月一日

※六月二十九日赴天理大學參加「天理台灣學會」年會。會上發表專題演講〈台灣文學研究的回顧與前瞻〉。當場接到許多「意見單」，有的鼓勵我，有的發問，因當時無暇答覆，今摘錄要點並簡覆如下：

●塚本照和先生——「為了您自己，為了您的孩子，為了台灣文學，為了台灣及台灣人，請留意您的健康。」

●阮文雅小姐——「感謝前輩們苦心耕耘台灣文學，讓我們追尋前輩們的腳印而認識自己土地的文學。身為後輩的我們，除了『自覺』之外，有什麼可以效力的嗎？又，《復甦的台灣史學》是一份雜誌嗎？」

（簡覆：熱愛文學的人，除了狂熱地寫作之外，不妨為妳所認為有價值的文學刊物充當義工——為她投稿、拉稿、推銷、宣傳等；可做的事情太多了。又，《甦がえる台灣文學》是一本論文集，內容有台、日學者論戰前的台灣作家及社會運動等。一九九五年十月，東方書店出版。由下村作次郎、中島利郎、藤井省三、黃英哲編輯。）

●李惠杏小姐——「二十年間的台灣研究，一言以蔽之是什麼？」

（簡覆：一言以蔽之，是在建樹台灣主體文化。）

●大川敬藏先生——「我一向只關心政治、經濟史，但最近讀了楊逵的〈新聞配達夫〉，始知文學作品也有做為政治、經濟史之史料價值，文學作品也是反映作者所生存的時代，今後我將多研究日治時期、國民黨時期被政治打壓的台灣文學。」

●李銘忠先生——「吳濁流作品中，有無提到他在讀師範學校時，台灣人學生受到差別待遇的情形？跟日本人教師或內地人學生之間的交往情形如何？又他在殖民地時代與戰後時代所抱持的民族意識有無變化？」

（簡覆：吳濁流於兩本自傳體小說《無花果》及《台灣連翹》中，有寫到他就讀台灣總督府國語學校（即台北師範學校前身）時的生活，似有日、台人之磨擦，詳細情節請自行閱讀。又他於戰前較偏向漢民族意識，而戰後較偏向台灣人意識，但客家人意識則始終一貫不變。）

●山木知行先生——「台灣史研究的方向，有人偏重台灣民族主義的問題，有人偏重殖民地統目的日、台關係。除此之外，張先生認為值得探討的是什麼？」

（簡覆：從原住民時代到中華民國時代，每個時代都值得探討。唯歷史離不開人民，人民離不開生活，生活離不開土地，所以我建議你研究台灣土地的分配問題，大致就可掌握台灣歷史的核心。）

●堤智子女士——「楊逸舟著《蔣介石與二二八事件》，張先生譯成中文於台北出版。文中有一段國民黨政府發表的聲明，先生譯成：『……毒化日本精神……』。但查當時報上刊出的聲明是：『……毒化日本思想……』，此一差錯不知出自誰手？」

（簡覆：很慚愧，譯者的我未查證中文原典，只照日文翻譯而已。妳的治學精神令人欽佩。）

●無名氏Ａ——「研究台灣殖民地文學的學生，應該採取什麼態度？」

（簡覆：先精讀原著，再考據時代背景，揣摩作者想說而不敢說的聲音。要之，由外而內，最好鑽進作者的心中，感同身受。）

●無名氏Ｂ——「1.張先生認為台灣文學的最高傑作有哪些篇？
2.今後日文創作的台灣文學有無再興的可能？」

（簡覆：1.鍾理和的《雨》，鍾肇政的《魯冰花》，張文環的《地に這うもの》，李喬的《寒夜三部曲》，東方白的《浪淘沙》，其他如賴和、楊逵、龍瑛宗、王昶雄、吳濁流、呂赫若等人代表作品皆可傳世。2.日文創作的最後一人可能是黃靈芝。今後不可能再興起。）

●池田士郎先生——「二二八事件的受害者有哪些人與台灣文學有關？有哪些作品以二二八事件為主題的？」

（簡覆：答案在本刊第三卷第三期，李勤岸著〈文學&二二八，二二八&文學〉。）

●鄭正浩先生——「你在成大中文系任教時，為台灣文學研究奮戰的情形如何？」

（簡覆：詳細請閱拙著《四十五自述》，恕不重提。）

●佐藤浩司先生——「對先生長年的功績謹表敬意。台灣的立場常受周圍的狀況而左右。此時對張先生的研究有何影響？」

（簡覆：台灣人像雜草，任人踐踏而不死。我願當園丁，在雜草叢中耕出一塊花圃。風雨無阻，環境對我無影響。）

※七月十九日，於台北懷恩廳舉行「尉故教授素秋女士告別式」。我電告台北的良光弟代表我去致敬，光弟拍攝許多相片，並帶回一袋資料，內有〈尉故教授素秋女士訃告〉、尉素秋自撰〈一個平凡的教書人〉及張高評主任撰〈故尉主任素秋教授追思文〉、唐師亦男教授撰〈尉素秋老話用「生命的教育」做見證〉。讀之令人泫然。綜其一生，最大貢獻是她當成大中文系系主任時，放手讓學生自辦《中文系報》、《中文系刊》及創辦〈鳳凰樹文學獎〉，開創大學之文運文風，成為全國各大學之楷模。當時我與學生打成一片，邀請各方學者專家蒞校演講，也因此而招惹頑固派之中傷攻擊。每當

災禍降臨我身上時，尉老師無不力挺保護，讓我安心播種台灣文學的種子。

※八月十二日，聽阿嬌建言，赴綠島一遊，實現了我多年的夢想。生平首次體驗海中浮潛，從水面下望，各色各形的珊瑚林，各色各樣的魚兒游來游去，彷彿置身於龍宮。台灣竟有如此美境，心中真感驕傲。

二十多年未騎摩托車，為了環島一遊，硬著頭皮發動引擎。一路觀賞奇岩異石、碧海青草，晚上又去泡海邊的溫泉，台灣竟有如此仙島，心中真感驕傲。

唯一不覺驕傲但又不得不去膜拜的是「綠洲山莊」。牢房雖已粉刷一新，供遊客參觀，但我仍聽到腳鏈拖地的聲音、哀號聲、呻吟與怒吼。禮堂改裝成資料館，入口的大玻璃壁上，映出幾張熟悉的大面貌，其中一張是最近在本刊發表〈天空在屋頂的那一端——一個「思想犯」的自述〉的作者董霞女士。剎時，耳邊又聽到女嬰的哭嚎聲。館內正放映紀錄影片，幾位長者口述他們無端被捕而在此虛度半生的經歷，不禁淚如泉湧。可恨一些觀光客有說有笑地走馬看壁上圖片而過，破壞了嚴肅的殿堂。

來到「福利社」，想順便買些資料，填補心中的空虛，卻空無一人，只有自動販賣機賣冷飲而已。

山莊對面不遠處，則是新建的「人權紀念園區」。一座弧形的水泥牆向左右延伸，牆上刻著受難者的大名。我算算人數覺得太少，而且我熟識的幾位長輩都未被列名，甚覺奇怪。雖然不遠處有一小石碑說明等查出人名之後再補刻，但連常被提起的人名也查不出來嗎？被刻上的人名有的沒被關到綠島，有的註明「死刑」或「判刑幾年」，但大部分只有人名，不但體例不一，給人厚此薄彼之感；而且未說明到底是限於綠島監獄還是包括全台灣的冤獄？總之，我對這一面牆壁的做法頗為不滿，其草率之態度，必使不少受難者再度蒙受「人權之凌辱」。

儘管我內心不滿，但回頭看到阿玲跪在牆前，也是感人的一景。

綠島開放觀光固然是國民之福，但如果國民素質不提高，把綠島變成吃海鮮的勝地，不久必成「垃圾島」，則台灣人該跳海自盡了。

素朴の心

《臺灣文學評論》

第四卷第一期　二〇〇四年一月十五日

※從小就愛上文學的我，經常想到我要留下「足跡」給後人「追尋」。因此，無論讀書、寫作、做事、娛樂等人間的一切活動，我都很認真地，幾近刻意地要留下各種不同形式的「足跡」。

我知道人生的旅程總有一個終站。但沒想到一下子就過了中點站而終站已迫近眼前。就在我的生命快車衝入二十一世紀的第一個元旦時，我反思過去留下的足跡甚為分歧雜亂，既無法讓後人「追尋」，且經不起一陣風吹雨打就消失殆盡。於是，我決心今後集中精力，一步一腳印，不再彷徨猶豫，不再見異思遷。

經過半年的籌劃，幸得葉能哲校長的全力支持，遂於二〇〇一年七月一日，創刊了本誌，踩下誓不回首的第一步。

背負歷史的重擔，好友們的囑望，陌生人的鞭策，每三個月才往前跨出一步。

從前做夢，常夢見自己身具飛天功夫，可隨意飛越魔障而翱翔於森林之上。可是，入暮年之後，老夢見自己的雙腿不聽指使，寸步難移，咬牙切齒地爬在地上慢慢前進。不知何故，這樣的惡夢常常盤踞我腦中。有時甚至不知是夢還是現實？

失去歡笑的日子已久矣。可是每三個月看到方兄從印刷廠運來的雜誌，便會欣喜地撫摸它，一頁頁地翻閱，像審視誕生的嬰兒無恙否？

三個月移動一腳步，雖艱苦難行，但每一腳印已深深烙入我的生命史冊。即使後人找不到我的腳印也無所謂了。因為我知道已有愈來愈多的知音者同我一樣的疼愛這個初生嬰兒。

※十一月二十一日急急返台，參加清華大學臺灣文學研究所主辦，為期兩天的「鍾肇政文學國際會議」。此會目的，一來在於紀念《鍾肇政全集》的出版，二來在為鍾老大八十大壽做暖壽。因此，兩天的會議內容，有的評論鍾老在文學上的成就，有的回顧與鍾老的友誼，內容多采多姿。尤其天理大學名譽教授塚本照和先生談起在戒嚴令時期，如何把鍾老託付的吳濁流原著、鍾肇政翻譯的《台灣連翹》原稿偷帶出境，從日本寄給美國的林衡哲，作為「臺灣文庫」而出版的經過，印象最為深刻。很多人都知道塚本教授在日本宣揚台灣文學的貢獻，可是從未聽過他在幕後竟為臺灣文學而冒險犯難的「秘聞」。由此亦可證明鍾老一生行臺灣文學路的辛苦。

二十二日（週六）夜，主辦單位帶領與會者前往桃園藝術中心參加了一場別開生面的晚會——第二屆總統文化獎的頒獎典禮。阿扁總統親臨頒獎，對鍾老而言，今天該是他八十人生最光輝的時辰，而對此次參加會議的我們而言，也是一大意外的收穫。

頒獎會上共頒給鍾老大等五位有特殊貢獻的個人或團體。其後尚有原住民舞蹈及歌唱的餘興節目。我坐在阿扁總統後面的第四排，生平第一次跟國家元首坐得這麼近。原以為他會中途退場。不料他竟坐了將近兩小時。節目完畢之後，還和得獎人家屬合照，老少一大群人圍著他而歡欣無比。聽說以前蔣公跟某代表團合照時，某人因緊張而伸手入褲袋想拿手帕拭汗，說時遲那時快，即刻有警衛前往制止，惟恐他會掏出手槍。而今阿扁總統毫無戒懼地跟大家相聚在一起，真是不可同日而語。會後我悄悄地跟在眾人後面送他出門上車時，情不自禁地大叫一聲：「阿扁仔！加油！」沒有人來制止我大叫大吼，只有人投以讚賞的眼光看我。

二十三日下午文學會議結束。我與塚本教授及下村作次郎兄續宿一夜於渴望學園旅館。二十四日上午，帶他倆前往龍潭拜訪鍾老。適巧鍾老在家看此次會議所發表的論文（他因咳嗽，故只參加首日上午的議程）。我把從日本攜回的「大正琴」送給他（原本是打算送給家父的，但覺鍾老較愛音樂，故轉送之）。並讓兩位遠道的客人跟鍾老再度敍舊約一小時之後，便匆匆告辭。之後，我便帶兩位逛逛附近傳統的菜市場。兩位看到臺灣人辛勤而快樂地把自己工作的成果以廉價賣給消費者，不斷讚美臺灣社會充滿活力與希望。接著又帶他倆走往龍潭國小。途中路過「龍元宮」，折進膜拜一下，順便採訪此廟歷史，得知此廟是客族移民時代，為祈五穀豐收，故立祠拜「五穀爺」（神農），附祀媽祖及文昌爺。廟主持特地找出一本精裝的廟誌送我，我感謝之餘，便從演講費中抽出一張千元大鈔投入賽錢箱（這是我首次對神廟的慷慨）。下村兄因抽到一枝好籤，也樂得投入百元大鈔（我沒看清是一張或兩張）。到了國小門口，四十多年前我初訪鍾老的那排日式宿舍還健在，我順便解說當年臺灣人作家首次聚會的情景。走進校園，已全改觀。校警聞說遠道而來，便好意地引見校長。范姜運榮校長年輕熱忱，接待我們於校長室喝茶，簡短地回答了客家「范姜」一族的淵源，以及有關鍾老父子在本校任教之事。請教片刻即告辭。在校門口的一家老店吃了「客家菜包」，味道平平，但可感受客族的素樸風味。

完成了一段小小的客庄之旅，便驅車往機場返日。

素 朴 の 心

《臺灣文學評論》

第四卷第二期　二〇〇四年四月十五日

※本刊自創刊以來，即獲岡崎郁子教授之厚愛，特允連載其博士學位論文《戰後台灣的日文文藝研究——以黃靈芝為中心》（戴嘉玲譯），而至四卷一期刊載完畢。緊接著二月十五日，由東京之研文出版社發行日文單行本，改題為《黃靈芝物語——ある日文台灣作家の軌跡》。書前還附有黃靈芝的珍貴圖片。

研究當代台灣作家而獲得博士學位的，舉世唯有岡崎郁子一人。黃靈芝兄何等幸運！岡崎郁子妹又何等幸運！兩人相得益彰，而台灣文學亦因此而彰顯。吾人於慶幸之餘，不可忘記前者以生命創作，後者以心血研究之艱苦歷程。

※目前本館收藏的作家墨寶之中，有三件較大的條幅。一為鍾老的〈戰後的台灣文學〉，一為葉老的〈我的信念〉，一為何瑞雄兄的〈火〉。此三寶必成為真理大學的「校寶」，且說不定百年後會被列入「國寶」。

十二月二十七日，趁葉老來研討會作專題演講之便，請他上樓來視察我請裱裝店安裝的結果。他謙稱自己的毛筆字見不得人，但我仍堅持請他在自己的「醜字」之前存照。

「我一向相信文學是地上之鹽

鹽　原是微不足道的東西……」

台灣文學的「聖句」，後人必傳誦之。

※近讀戰後初期出版的《新新》創刊號（民國三十四年、一九四五年十一月二十日出版），內有龍瑛宗先生用日文寫的七段短文，題為〈文學〉。茲將後三段譯出如下：

▽返顧台灣看看吧，台灣無疑是是殖民地。世界史上的殖民地有過繁茂的文學嗎？一次也沒有。殖民地與文學的緣份是很遠的。

▽雖如此，但台灣不是有了文學嗎？誠然，有過像文學的文學，但，那不是文學。明白嗎？

▽講謊話的地方沒有文學。有的是戴著文學面具的假文學。我們首先非自我否定不可，我們非再出發不可。非走正道不可。

一如所有的台灣知識分子，龍瑛宗先生於擺脫日帝統治而回歸「祖國懷抱」之際，激情地否定了自己在日治時代的文學活動。一時的激情，我可理解，問題是留下白紙黑字，後人必會發現，且會對證所言是否正確。

試觀龍瑛宗於激情之下，用日文寫的戰後第一篇小說〈從汕頭來的男人〉（發表於同期雜誌），結尾寫道：「而今，台灣回歸中國，充滿光復的喜悅。台灣需要純情熱情且愛中國的人材。此刻，喪失了像周福山這種可愛的青年，實令人惋惜不已。」

這篇小說確實應證了作者於「光復」之下的「激情」；但這樣的「真文學」，比起他在日治時代所寫的「假文學」，可能遜色多了。再說他於戰後半世紀所寫的作品，不知哪一篇勝過他在「殖民地」時代所寫的〈植有木瓜樹的小鎮〉？迄今沒有人反對〈植有木瓜樹的小鎮〉是龍瑛宗的代表作。足見龍瑛宗自己所說的「假文學」，卻成了他自己的「真文學」。

我常拜讀先輩們在不同統治者之下，發言的前後矛盾；也反省我自己在兩蔣強權時代的所言所行之愚昧，不禁感喟台灣文學路之崎嶇難行……

※二月十六日，接到斷絕音信四十年的好友何榮森的來信，恍如隔世。他是我南師時代的密友，三年間形影不離。尤其在我編《和風》雜誌時，他是我唯一的助手；畢業旅行時，他帶我去見他大哥的朋友文心先生，後來由文心先生之牽引而認識鍾肇政，因而一步步踏入台灣文學圈，今天我能在圈內「吃得開」，歸根究底要感謝何榮森密友。

南師畢業後，他回嘉義、我回彰化任教，彼此還頻繁通信。但我因猛追女同事而屢敗之後，決心報考大學聯招，便漸漸疏遠他。大學放榜那天，他與同窗曹浩一陪我在永靖國校的辦公室聽收音機廣播聯招上榜名單。聽到深夜，三人都覺無希望之際，突然聽到「成功大學中文系張良澤」的聲音時，三人猛跳起來；而我竟跳到辦公桌上，掏出小鳥，對準窗外的滿天星斗，把憋了幾小時的尿一口氣洒落在靜寂的大地。這是我跟他相處的最後一夜，從此我一邊猛往前衝，一邊找尋理想女神，便把過去記憶拋到腦後。

輾轉海內外四十年，偶而會想起他不知在何方，但都無時間好好追尋他的下落。

事有湊巧，有一位本刊讀友吳佳容小姐，就讀於中山大學研究所，想要研究文心先生而苦於資料不全，正好看到本刊創刊號刊文心的手札。「今晚輩如獲至寶，可說『踏破鐵鞋無覓處，得來全不費工夫』」（二〇〇三年十二月三日來信），便來求助於我。我便約她於十二月廿六日的國際研討會時來麻豆一見。看她熱誠有加，我便答應協助，趁此機會我便把「嘉義市太平街四十七號」的地址交給她，要她事先打聽一下。

元旦黃昏，我與戴姊同往嘉義。佳容夫妻開車來接，便開始解謎的行動。四十多年前我常來的太平街已改名又改番號了。幸虧他倆事先已去市公所問清舊街番號，可是此處已看不到往昔的平房古宅，也看不到對面廟口的何媽媽的小攤位。只見一棟四層大樓而無人居住。問附近人家，問廟裡的人，都不知何家去落。最後只好找里長幫忙，里長夫婦至為熱心，承諾日後必有消息。

我這樣勞師動眾的目的，固然是為我自己，同時我也想給佳容一些線索。因為文心（許炳成）的父親早年在嘉義開印刷廠，而榮森的大哥小學畢業後就在印刷廠做工，後來老闆看中大哥，便把女兒（即文心的妹妹）嫁給他，這就是榮森能把文心介紹給我的緣由。既然文心的遺孀拒不見佳容，我便想由他妹妹口中探聽文心之事，這是我日後要帶佳容走的棋步。

不管如何，我得先把榮森找出來，果然，一月中旬，里長便打聽出榮森住在台中的地址；佳容把佳音傳來，我就寫了一封長信連同榮森於半世紀前寫給我的第一封「情書」一同寄去台中。

今天總算接到回音了。信中說：「其實，闊別四十餘年中，我多少仍獲知你的訊息，但在我的生活領域裏，你的生活航程，是離我多麼地遙遠，所以有時只好默默地想念著你。……」讀之，不禁泫然。

信中還附了二張全家福。令人羨慕的兒孫滿堂！只是老友四十多年來，頭髮斑白而身高一點也沒有增加。

《臺灣文學評論》

第四卷第三期　二〇〇四年七月十五日

※三月二十六日上午，高興地準備北上台中拜訪詹冰先生，突然接到他的大兒子來電，說他的父親於昨夜九時突然往生！如受雷擊，我一時不知如何安慰對方，而對方還說他的母親為了與我爽約而至感歉意。我除了後悔自己沒有及早行動之外，只好懇求對方保留故人的片紙隻字，等日後我再去整理。對方也答應了。

※四月三日上午，往訪巫永福老先生。當代臺灣文壇最高齡（九十三歲）的大老，最近很少露面，不知健康狀況如何。但見親自來開門的巫老，行動有些不便，臉上有點浮腫。首次走進他的公寓住宅，客廳不大，陳設古樸，除了一婦女照料他的起居之外，一台電視機陪他打發時間。巫老說最近常進出醫院，故無法去麻豆看資料館。我問他自傳中提到的「埔里革命」是否參考了其他文獻？他說沒有，只因從小就聽祖父母等當事人的口述，故已成為他生命史中的一部分。因與我在日本找到的一份日軍紀錄完全吻合，不得不令人佩服他的記性超人及其自傳的忠實度。

我取出叫阿嬌畫好格子的大張宣紙及筆墨，懇求他為資料館留下墨寶。他泰然揮毫，寫了一首「我的詩」，字跡有神有力，不愧名家。慶幸本館又多了一件「國寶」。

※五月一日起五天是日本的黃金假期，全日本人去遊山玩水，我卻照常來研究室整理以前影印的資料。其中有一份《人民導報》的影印本，一邊重新整理，一邊讀之感觸良多。

大約是一九八五年左右，我去美國的史丹福大學找張富美女士。當時她擔任該校胡佛圖書館（Hoover Library）副館長，特准我進該館影印珍貴的臺灣文獻。《人民導報》即是當年影印帶回來的重要文獻之一。

《人民導報》於民國三十五年（一九四六年）元旦，由臺灣知識領袖宋斐如等人創刊於臺北，王井泉任發行人，可謂日本投降之後，臺灣人首辦的日報。宋斐如於創刊週年紀念感言寫道：「因為報紙是人民的喉舌，民意之伸張，（略）本報顧名思義，則所以為人民服務者，亦即為國家盡一分之貢獻。尤其是光復後的臺灣，如何使人民成為國家的主人，以配合憲政的展開，更是一件艱辛的工作。」

因為大張報紙很難全張影印，所以當時我只影印刊載「社論」或「評論」的那一頁。聽說未具名的「社論」很多是林茂生博士撰述的。我無法臆測出自誰手，但篇篇針對時政，敢說敢言，且言之有物有據，實表現當時臺灣知識分子的風範。可惜我只影印到民國三十六年二月二十七日即無下文。可想像翌日二二八民變之後，這些知識分子被一網打盡，而報社也被查封了吧。

其中有一篇「轉載」，題為〈請愛護臺灣這片乾淨土〉，未具名，民國三十六年二月二十四日刊。茲抄錄數段於下：

▽直到現在，臺灣比較還是一片乾淨土。我們應該珍貴它，愛護它。說來慚愧，這片乾淨土之所以為乾淨土，還是日本五十年統治的遺產。

▽臺灣人民智慧高，習慣好。知道愛國，也知道與貪污鬥爭。人人有生活技能，又不求奢侈享受。這樣純樸而有朝氣的善良國民，還是中華民國的新血液與新希望。我們應該珍貴與愛護臺灣人民的純真潔白。一切老朽與污穢的毛病，不要傳染過去。

▽由內地大陸到臺灣去的人，都會感到清新，舌（心旁）靜而舒適，但這不是說，那裡是樂土，尤其不能說沒有問題。問題埋藏在人心的深處，浮游在街談巷議，因為現實生活迫令他們有些悵惘，雖然，我們不能說臺灣要依賴祖國大陸。就物資往來論，祖國大陸是佔了臺灣的便宜的。多少糖由那裡運出來，多少煤，多少香蕉波羅蜜，由那裡運出來。臺灣大工廠以千計，工業規模在全國各省首屈一指（現在東北也不成了）。可以說，這是接收最完整最有用的一部分。可以說，這是中國建國的一筆大資本。也可以說，這就是臺灣對祖國的巨大貢獻了。

▽我們應該對這個貢獻，認識其價值，給予相當的估價。為愛護臺灣，亦為愛護中國，不可不具有遠大眼光。

▽我們希望政府愛護臺灣這片乾淨土，不要去激起波浪，不要把內地大陸的亂源引導過去。

這篇可能由大陸良知人士所寫的呼籲文，不知原刊於何處？而當時臺灣的《人民導報》轉載此文時，印刷工廠尚無齊全的漢字，所以文中有些漢字的排法令人會心一笑。茲舉例如下：

●舌（心旁）靜而舒適→「恬」
●宛（刀旁）肉補瘡→「剜」
●豈不監介（兀旁）→「尷尬」

戰後臺灣人努力克服語言文字的障礙，可由此例窺知一二，但吾人關心的豈止於此？試想五十七年後的今日中國政府，豈非重蹈蔣家政權之覆轍？不僅不知珍惜漢人世界中惟一的民主聖地，還要用五百枚飛彈企圖「赤化」這片乾淨土，真叫人「感到傷痛」（引自該文）。

素 朴 の 心

《臺灣文學評論》

第四卷第四期　二〇〇四年十月十五日

※八月二十三日過午，新化鎮康文榮老師帶了楊建先生夫婦來館。一看，彷彿楊逵先生的再世。大約一九七五年夏，我首次去東海花園，只看到孤獨老人與一位小孫女相依為命。其後蔡瑞洋醫師也常帶我去見楊老。楊老很少提起自己的子女，只說長子命名為「資崩」，是希望資本主義早日崩潰；次子叫甚麼名字，我毫無印象，只知道在某高職教書。而這位小孫女就是次子的女兒，叫她來陪阿公生活。當時我心想，何其不孝的兩個兒子，怎麼忍心叫一個孤獨老人自己種花過活。

不料，今天見面的竟是這位「不孝」的老二！而長相完全是老爸的拷貝！

楊建說當年沒有人敢接近楊逵的時候，他就知道成大有個張良澤常常去看他老爸。因此幾十年來，他一直想看我。

話題一開，楊建從他小時候對父親印象談到最近去雲南參加楊逵文學會議之事。因為室內悶熱，我請他到走廊，兩人坐在圓板凳上一邊納涼風，一邊無所不談。彷彿當年在紫藤花棚下，與楊老對談的情景；只是那時候多了一個流鼻涕、穿木屐，坐在門檻看我們聊得很開懷的落落寡歡的小女孩。

從楊建話中，我看到一位活生生的作家身影——有光與影的真「人」。我懇求他寫下回憶錄，留做後人正確認識楊逵與楊建的珍貴文獻。他答應試試看。

大約談了三個小時，楊翠帶了她女兒魏微來館會合。楊翠看到我倆還談個沒完沒了，她說從未看過她父親這麼多話又快活。她也贊成我的提議：一、寫〈楊建回憶錄〉；二、舉辦一次「楊逵私生活座談會」。

楊翠近幾年來的成就與活躍，我都暗喜在心頭，但她從未主動接近我。我知道她很不喜歡我老提起當年那個流鼻涕的小女孩。今天我又看到另一個小女孩！——乾乾淨淨而沒流鼻涕的魏微——又是一個楊翠的翻版。心想二十年後又是一隻大鳳凰，便不敢怠慢（我真後悔當年根本沒把那小女孩看在眼裡，也沒買過餅乾給她吃），所以今天我拼命找出糖果來諂媚（她卻因放太久而拒吃），而且請她題字留念！

祖孫三代與我融洽成一片時，淡水校區的黃奉銘牧師卻帶來了一群北區教會牧師團來參觀。在麻豆校區黃輝爵牧師陪同之下，由我導覽。當場我特別宣布：「感謝上帝的安排，今天您們得到很大的榮耀，因為楊逵先生的後代三代人都出現在您們眼前！」當場我簡介了楊逵文學，也介紹了其後代的成就。眾人喜出望外，要求合照存念。

※幸得日前張炎憲兄親自贈我一本國史館出版的陳奇祿先生訪錄《澄懷觀道》。我一口氣讀完之後，便有一股衝動想拜謁大師。商請吳三連基金會的曾秋美小姐代為連絡，幸得大師欣然答應，便於八月三十日北上往訪。

我只想表達內心深深的感觸：根據進化論，臺灣文化的傳承，應該一代比一代強。可是我覺得像我這一代人光是要消化大師的學問都來不及了，更談何超越前進？尤其一人兼具美術、書法、音樂、刺繡、體育的天分，加上英文、日文、中文、法文的造詣，再加上政治學、人類學、歷史學方面的業績，如此樣樣精通的「全才」，不知臺灣史上有誰可比擬？今後百年之內，還有可能造就這等人材嗎？我不但感到自己的卑微，也擔心臺灣文化的退化。

聽說大師最近身體情況不太好，不敢久留，但師母（臺北高等女子學院出身）頻頻進茶點，而大師更樂於拿出繪畫作品給我看。尤其捧出四大本大師親自裝訂的《公論報》副刊〈臺灣風土〉時，我就走不開了。當年我入南師後，最愛看的是印刷粗陋的《公論報》，可惜〈臺灣風土〉副刊已停刊了。雖然，我仍知道那是戰後最早介紹臺灣風物的專刊。今天我總算有幸親睹這份變黃且開始破碎的舊報，即刻徵求大師同意，打電話給劉峰松，要求文獻館複刻這份完整的副刊以利傳世。劉兄當下答應近日內必親臨洽談此事。

大師更留我看錄影帶——《澄懷觀道》的新書發表會。一一加以介紹，讓我認識了許多仰慕的學者。

已打擾太久了，我匆匆取出宣紙，請大師有空時題辭贈我。他欣然應諾。臨別時，特贈我二書，並以神經性炎症的手，微抖地提筆簽名，依然工整漂亮。我將藏之名山。

※八月三十一日上午，與戴姐急急從臺北南下台中。午時，學校雇用的兩部貨車已至詹府搬書。葉校長夫婦與劉峰松兄已先我一步抵達。首先，由我主持簡單的贈書儀式，請校長贈金字「感謝狀」匾額一面給詹夫人，誓言承繼畢生愛書如命的詹冰先生之精神，將其餘德傳諸後人。除了臺灣文獻館劉峰松館長特地來觀禮外，沒對外宣揚。擬俟日後「詹冰記念文庫」佈置完成後，再公開招待記者發布消息。

我隨車運回麻豆，下午六時完成任務。共計書籍二一七箱，每箱以五十冊計算，最少有一萬冊以上。這些書都是詹冰先生從留日時代起到去世前約五十年間，省吃節用而累積的「遺產」，姑且不問其價值如何，光想到他每次搬家就以書籍為最優先（夫人語）的苦心，就值得本館珍藏。

搬書時，我在故人桌下發現一雙破皮鞋，經家人確認為詹冰之物，即撿回來以備陳列之用。另外有一把破椅子，也徵得夫人同意讓我帶回來。我此生最愛的第一張破椅子是東京楊逸舟的，當時因我的房間容納不下，故棄之，迄今後悔不已。第二張破椅子是左營葉石濤的，我已「注文」歸我所有，但願葉老不要忘記！第三張破椅子就是台中詹冰的，今已運回，供後人瞻仰。

除了上述物品之外，尚有珍貴相片集獎狀及繪畫等，皆將陳列於櫥窗內。還有一捲捲的陳年月曆，令我莞爾。因為我也捨不得丟棄那些風景圖片而收藏了一大堆無用處的老月曆。

《臺灣文學評論》

第五卷第一期　二〇〇五年一月十五日

※十月某日。為了響應峰松兄籌劃，由台灣文獻館舉辦的日治時代台灣教育特展，遵囑影印我所蒐藏的舊畢業紀念冊。邊影印邊發現前輩年輕時代的影像，甚覺可貴。

其中有一冊台南第二中學（今之南一中）昭和十一年（西曆一九三六年。皇曆二五九六年）之畢業紀念冊。此冊是我於成大任教時代購自舊書店的。書中竟挾著一張明信片，是「郭明昆」於昭和九年寫給「董東海」的賀年片。郭明昆先生是麻豆郭家人，也是戰前唯一在早稻田大學任教的台灣人學者，且是著名的社會學家。惜於戰爭末期返台途中，全家葬身於基隆港外。今得其真跡，如獲至寶。

考其當時住所為東京淀橋區。想到郭明昆發信的前五年，吳新榮先生曾因信奉社會主義而被捕於淀橋警署。兩人真有緣。而且歸台的船上，吳新榮之大弟吳壽山亦同船而同時遇難。此事原委皆詳記於《吳新榮日記》中，於此不再追述。

今，我只好奇為何郭明昆先生給董東海的賀年片被挾在紀念冊中？

翻閱此冊之畢業生個人相片，竟有「董東海」之相片。觀其地址為「台南市港町」，非麻豆人。則郭、董之關係為何？一個大學教授和一個高中生，不知如何想像其關係？

於是我再找同期生有無郭家親人。果然發現了兩人：郭明根與郭明正。且地址同為「曾文郡麻豆街麻豆六七一番地」。

於是我想像：郭明昆於一九三四年元旦寫了一張賀片，寄給胞弟或堂弟郭明根與郭明正的南二中同學董東海。董君珍惜此張賀年片，保存到一九三六年畢業時挾入紀念冊中。直到一九七〇年代，董先生過世後（？）其子孫清除舊物而流入台南古書店，幸被成大張講師購得，保存迄今。

故事很簡單，可是值得探究的人物事跡很多。這一切留待「麻豆學」鼻祖詹評仁兄給我們解答。

※十二月十一日，赴東京參加殖民地文化研究會（會長西田勝）主辦的「日台討論會」，主題為「先住民文化與現代」。台灣代表為夏曼．藍波安（達悟族）、利格拉樂．阿𡠄（泰雅族）、吳豪人；日本代表為小田實、知里むつみ（愛奴族）、青柳文吉。戰前日本帝國的北方領土樺太（庫頁島）及北海道居住的先住民，與南方領土台灣居住的原住民，雙方所受到的種族歧視、文化侵襲等遭遇，如出一轍。唯戰後，日本失掉樺太及台灣，剩下北海道的少數愛奴族人，努力保存自己的文化，成為學界的珍寶。而台灣的原住民文化直到近年才略受重視，可是在漢文化本位的台灣學界，仍難介入主流。會後，我告訴夏曼，明年四月我返國後，必前往蘭嶼拜訪。屆時我想好好實現早年計畫的《原住民神話傳說大系》

的整理、翻譯工作。

※十二月十九日，赴東京參加小林正成的出版紀念會。我來日本認識了許多愛台灣的日本人，其中投身台灣民主化運動最久的兩人是宗像隆幸（筆名宋重陽）與小林正成。四十年前，宗像認識了留學生許世楷，小林認識了來日進修的鄭欽文，便改變了他倆的人生。宗像擅理論與謀略，其著作及神蹤，台人大抵耳熟；但小林出身學徒，不擅口才，不愛露面，純屬行動派。雖一度被警總逮捕而自殺未成之後，迄今仍未改變隨時為台灣犧牲奉獻的決心。其四十年來默默為台灣人所做的壯烈事跡，我略有所聞，但不知其詳。今日台灣言論已自由，他便把過去所作所為公諸於世，書名曰《多謝、台灣——白色恐怖見聞體驗記》。參加出版紀念會的百多人好友，在我看來都是木訥忠誠的日本最後的武士。會中，許世楷代表因公務而遲到，上台致詞，提到當年小林脱險返日時第一句話：「任務未完成而全命歸來，至感慚愧。」聞者莫不肅然。

《臺灣文學評論》

第五卷第二期　二〇〇五年四月十五日

※元旦，曹永洋寄來快信，打開一看，內附〈給作家東方白書簡〉的公開信，因念內容與台灣文壇關係密切，遂將全文轉載於下——

〈給作家東方白書簡〉　曹永洋

東方白兄、C.C. 嫂：

你提醒我讀鄭炯明兄和你的「序文」，你第一次和我提這一封丟失的「信」時，我就為你扼腕不已。如今錢鴻鈞為你找到「基督山恩仇記」中的密件，也難怪你要寫重一篇〈文學淘汰論〉了！至於那位我尊敬的醫師詩人炯明兄（與曾貴海、江自得為醫界詩人三傑），因為我和他神交已久，十五年前唯一一次的「鍾理和紀念館」之旅，我們見過一面；而你在「真與美」中引用了他的傑作〈獨裁者〉；不約而同，他也寫了「陳映真」這篇文章。其實你上次回台灣去訪問陳映真時，我就很佩服在創作小說上你對他的「惺惺相惜」和給他的忠告。你知道嗎？我和映真交往始於一九六一年（我從野戰部隊排長退役，去馬偕創辦的淡江中學教書）。一九六八年夏天映真和畫家吳耀忠被捕，黃春明、李日章（台大哲學事件受害者，後來回台大，映真成功中學同班）和我三人分別被傳訊一天。胡秋原晚年國賊不下台時，我寫信給映真怒罵胡老，結果我們從此不來往。春明長子黃國珍婚禮（作家次子國峻自縊，我只寫信安慰他，沒有露面），是日我在大約三十桌的婚禮上坐在誰也不認識我的一桌，只和鄰座的陳永興、林衡哲打招呼。坐在另外三桌以外的陳映真夫婦、林懷民、蔣勳都是名人，我們形同陌路，未打招呼！我在斷絕交往的「一信」上寫了這樣的預言：他的四本小說會留下來，其他十六本評論將會消失，果然不幸言中。最近他寫的《忠孝公國》和這四本由洪範重排推出，又印了一本散文集《父親》。索忍尼辛就是一個活生生的教訓。當然春明被寵壞了，他可能不知道自己的作品退步了。至於你說的《浮世生》《戰爭與和平》也會被遺忘，我不同意，除非地球毀滅之外，托爾斯泰的作品永遠會有讀者。現在如果有人請我對小眾演講，我只介紹托爾斯泰或史懷哲。我只能做「小眾」（五十——一〇〇人）的演講，因為怕「愛國聯盟」作怪，會有生命危險。曹長青在圓山飯店被圍毆。如果死於這些惡徒之手，太便宜了這些惡獸！還有我一定會用二分鐘消遣我最憎惡的李敖與李昂。

我十月二十九日升格當祖父，小孫取名「鎮紘」。人生旅程的時段無多，我們要倍加珍惜，期待精短一百！好久未通信了，此信破例公諸同好。

（作者按：看過《文學台灣》二〇〇四年秋季刊出鄭炯明的〈你所不知道的陳映真〉和東方白的〈文學淘汰論〉〈台灣文學這一〇〇年〉之後的一些感想。）

※為了想知道我返台之後的命運將如何，二月五日特地往東京聽一場大演講。這是往年少見的大陣容——森本敏、山內敏秀、龜井浩太郎、佐藤守，四位講員都是前任自衛隊將領，現為著名的戰略家，加上台灣的國策顧問黃昭堂，難怪吸引了滿堂的聽眾。主題是「中國的威脅與日本人的對應」，看似與台灣無關，其實主辦單位「亞洲安保論壇」，即是以黃昭堂、宗像隆幸等人為中心，聯合美、日軍事家所組成的民間團體，目的在促進聯合美、日共同防衛，以台灣為中心的東太平洋防線的輿論力量。因為中國對台灣的軍事行動，必然威脅日本的生命線與美國在太平洋地區的利益。聽完各位專家的判斷，結果與我所想像的差不多，即除非台灣自動昇起五星旗或除非中共內部解體，否則至遲在二〇一五年之前，台海必將風濤險惡。我心想還有十年可活，豈不快哉！

※二十七年前，初來筑波任教時，有一位農夫叫小竹勝，與我同年卻來旁聽我的中文課。從此交情甚篤。不但常送我自家的農產物，還帶我去參觀他家鄉的一位作家的故居。我才知道日本第一位農民作家叫做長塚節，代表作《土》比鍾理和的《雨》早半世紀發表。長塚與理和皆貧病而死，但日本農民作家的木造屋比台灣農民作家的土角厝，看來清爽多了。二月十日，老農夫特來送行，贈我該村出身的陶藝家「洋」手製的「白坂椿文壺」。陶壺無釉無彩，自然高雅，抱在手裡，絲絲溫暖。吾將傳為家寶。

《臺灣文學評論》

第五卷第三期　二〇〇五年七月十五日

※返國才三天的四月七日，《台灣日報》副刊刊登一則消息：「黃武忠昨夜肝癌病逝！」令我大吃一驚。可能是同名吧？可是內容明明寫著：目前擔任文建會第二處處長，同時也是小說家和台灣文學研究者的黃武忠先生，昨日凌晨三點多因肝癌病逝，享年五十五歲。

我正想找個機會北上，向他報告《吳新榮日記全集》的補助款已撥下來。還有其中請他註解的那一卷，不知進度如何？

為了實踐三十年前的諾言，不得已於前年邀了劉峰松、張炎憲、吳南圖三人直往文建會，向黃武忠兄直訴《吳新榮日記全集》的重要性與工程的浩大，希望由文建會來補助（這是我生平首次向政府伸手要錢，有違我的主義），黃兄當場答應協助。

回憶我去國的二十多年間，得悉有幾位年輕人闖入我半途而廢的研究領域——日治時代台灣文學家之挖掘工作，令我又欣慰又嫉妒。其中，黃武忠的成就已高出我十倍以上。後來聽說他與林金悔兄為國家文學館之設立而奔波。為此，林金悔兄曾來淡水校區找我商議。更於一九九七年十二月三十日，邀我去籌備處向幹部們談話。這時，我才認識了「久仰大名」的黃武忠。會後，我請他題字，他欣然提筆寫了一句好字：「交一個好朋友較好耕一區好田。」還慎重地蓋了私章。

我常說我隨時準備死亡，但竟然活到今天；可是默默苦幹的黃老弟，竟不吭一聲就走了。

翌日，南圖兄打電話來，同表驚訝，囑我多加保重。

※德國魯爾大學許宓夏（Michael Schuette, M.A.）來信稱：「本人為德國魯爾大學東亞圖書館主任，深願繼承馬漢茂教授遺志，去豐富附屬於圖書館的『台灣研究中心』的藏書。自馬漢茂教授辭世以來，本館與台灣各出版單位的聯繫遂告中斷，這對於原本號稱擁有『歐洲最豐富台灣資料』的本館來說，是個巨大的損失！本館得知您是個推動台灣本土研究不遺餘力的熱心人物，希望您能在豐富本館藏書方面給予協助，讓本館能繼續扮演歐洲台灣研究大本營的角色。（下略）」

想起馬漢茂教授生前，我曾請他來淡水，給台灣文學系第一屆學生上了一學期的台灣文學史課程。其間，我與他過從甚密。他也派了一位德國學生來找我，寫了一本《張良澤研究》的碩士論文。那是第一個也可能是最後一個研究張良澤的研究生。未幾，馬漢茂突然中年辭世，其後聽說該系統派掌權，打壓台灣研究。我是局外人，愛莫能助。如今，突然接到繼承馬漢茂遺志的東亞圖書館主任之來信，豈不叫我興奮至極？即刻應其要求，影印拙編《王詩琅全集》（一九七九）的第一卷〈鴨母王〉（該館獨缺此卷，要求補全）。並且寄了一套本刊，共十五冊，以報許宓夏主任之雅意。

※五月十日，南圖兄伉儷突然帶了他的大姐朱里與小妹亞姬來訪，令我意外驚喜。朱里姐旅居美國，二十多年前曾去加州打擾過她的家。亞姬妹大約於三十年前見過一次，已完全變了樣子。我與他們兄妹情同手足，一提起吳新榮先生與毛雪芬女士，真如同自己的父母。亞姬最幸運，童稚喪母，不知悲；繼母嚴苛，不知痛。可是已讀女校的大姐，則為了保護弟妹，又不敢叫父親傷心，便日夜流淚與繼母相處。直到現在，朱里姐還讀不完三十年前編印的《吳新榮追思錄》及新編的《吳新榮日記全集》。因為每讀幾行，就淚如泉湧，難怪她哭了半世紀以上的眼睛已快瞎掉了。我因怕她若真有一天瞎眼的話，就得不到她的親筆字，所以強求她題字。她推辭之餘，寫下——

良澤老弟：

終於我們又回來

我們的台灣

希望在此地能得到
真正的歡樂！

翁吳朱里

亞姬妹文思較快，接過筆，馬上寫下——

良澤兄：

謝您
有您讓父親的
點滴又重現我心

魏吳亞姬

《臺灣文學評論》

第五卷第四期　二〇〇五年十月十五日

※七月二日，應台灣文獻館之邀，赴埔里參加《埔里社退城日誌暨台灣總督府公文類纂相關史料彙編》新書發表會。《退城日誌》是我在東京舊書店高價購得的第一手資料，也是埔里抗日革命運動中唯一由日方紀錄的手稿，本想留給我自己日後慢慢研究，但劉峰松館長得悉，便求我原價轉讓給文獻館。因念該館專家多人，且總督府文獻齊全，研究起來比我個人更大有成果。果然原先單薄的二十數頁草紙，被研究成厚厚三百五十頁的大本書。今日，劉館長親臨埔里鎮公所主持新書發表會，年輕貌美的馬文君鎮長及許阿甘議員皆來相挺；尤其聽了簡史朗老師的一堂有關埔里文史的課，令我收穫不少。

同日午後，劉館長帶我去埔里山腳下的一間奇特的教會，掛牌曰「謝緯紀念禮拜堂」。走進園區，有好幾座聚會所，其中有一棟「打里摺教育館」。賴貫一牧師正好忙著青年營的事，抽空出來接待我們。一位年輕力壯的牧師，熱情地拉我進去看滿室陳列的巴宰族文物。聽劉兄說這些文物都是他個人蒐集的成果，實在令人咋舌。他還送我一本精美寫真集《從部落出發霧社事件》及一本著作《認識台灣族群關係》。不僅他蒐藏的文物是國寶級的，我看他本人亦是國寶級的人物。真想以後帶學生們來見識見識。

※新化高工社區辦了為期兩天的楊逵文學研習營，承辦人侯依礽老師早已囑咐我講課。不料，七月十九日颱風大起，狂雨猛傾，霎時聽說公路交通已中斷。我打電話問侯老師有無延期，她說照常舉行，但有不能來的老師，臨時請康老師代課。我暗自佩服，不愧為楊逵精神。決心明天涉水去演講。

二十日清晨，不知從何處湧進大水，我被關在資料館大樓，眼看水位一寸一尺地增高，瞬時校園已成澤國。侯老師已叫一位老師在高速公路口等我，可是要從學校到高速公路需要橡皮艇來接我，這代誌大條了。眼看上午九時的課已逼近，而水位更逼近一樓的門窗。這時，侯老師通知我不必冒險了。未幾全校停電。我與戴講師姊妹在二樓，望著對面的真理堂成了威尼斯教堂。

※八月四日，應財團法人鍾理和文教基金會之邀，前往笠山文學營主講「我與鍾理和文學」。三日下午即請鴻鈞開車同往營地，晚餐吃客家料理，飯後有分組活動，夜宿山莊，享受闊別三十年的笠山靈氣。四日上午演講，學員來自台灣各地，上至退休教師，下至高中生，計約五十人，皆甚熱心聽講。下午有吳錦發的「台灣的生態文學」演講，甚精彩動人。吳老弟堪稱台灣文學中獨樹「生態文學」的鼻祖。五日由曾貴海兄

及許素蘭妹主講。最後頒發結業證書，大家快快樂樂地結束三天的活動。

鐵民老弟抽空帶我們去看客家古厝「川穎堂」及「反水庫」的音樂工作室，增益不少新知識。最意外的是我在成大教過的第一班生羅碧鳳（與許素蘭同班），帶其夫婿來請我吃客家粄條。畢業已三十多年，還會懷念我，真是喜出望外。

最懷念的鍾媽媽竟然還記得我的名字。從前每次來來訪，鍾媽媽必燉土雞犒賞我，此情終生難忘。

鐵民說三十年前我放了一個屁就走，害他獨挑鍾理和紀念館的重擔，今後要我彌補，我當然義不容辭。

《臺灣文學評論》

第六卷第一期　二〇〇六年一月十五日

※某日接到電話，自稱早年就讀成大水利系時，上過我的大一國文課，而現在於嘉義開業婦產科醫院。相約於九月二十五日（禮拜日）來資料館看我。是日，他攜數罐阿里山茗茶和一盒名貴雪茄來送我。暢談之下，慢慢讓我回想起大約一九七七年左右，有一位國文成績不太好的水利系學生，常來我與張德本合開的「筆鄉書屋」走動。個子小小的，蹦蹦跳跳的叛逆型。有一天竟然把剛出獄的楊碧川帶來見我，害我乍聽「思想犯」就嚇了一跳。時值附近的台南神學院被警總搜查羅馬字聖經，而一些神學院學生與成大學生聯手秘密參與黨外運動的時代。一九七八年底，中美建交前夕，成大袁壽夔講師（航機系）被調查局約談，而我早一步溜往日本。如今此生帶來「手信」，表示懺悔之意。他說若非他引介楊碧川，就不致於讓我淌入橫禍。他於水利系畢業後，轉讀醫學院。開業之後，賺錢捐輸民主運動，可是他認為最重要的還是文化運動，所以聽到就讀於宏仁女中的女兒提到張良澤去演講的事，始知我已回台，特來致意。臨別，我請他題字，他毫無考慮地寫下——

「愛台灣　林裕益　二〇〇五年九月二十五日」

※十二月十日（禮拜六），美濃鍾理和紀念館重修開館。自今年十月硬體重修竣工之後，鐵民就把我拉去參加鍾理和文教基金會（董事長曾貴海）的會議，商討內部裝潢。鐵民說我必須償還三十年的債，於是我跑了兩三趟美濃，擬定了構圖，交給本刊美編方志信兄設計了三大主牆面的畫面。分別為三個主題──「為了信念」、「為了愛情」、「為了文學」。今日來到一看，果然蓬蓽生輝，參觀者一進去就可看到鍾理和青年時代、壯年時代、晚年時代的影像。今天貴賓除了文建會副主委吳錦發（美濃人）、高雄縣市文化局長之外，葉老等南部文友都來了。但見葉老擅自坐在「理和書齋」若有所思，不知在稿紙上留下什麼字。館外的臨時舞台有客家歌謠的表演、鍾理和採集的山歌對唱、打粢粑（麻薯）等餘興節目，使我享受了半天的客家溫情。下午為了趕交吳新榮日記的作業，依依不捨地離開會場。

歸程搭了新化康老師的便車，車上閒聊，始知他不是學校老師，而是一個大工廠的年輕老闆，不專心賺錢，卻專搞賠錢的社運。回到新化，從他家裡抱出一箱他自費彩色影印的楊逵作品集，送給本館保存。康老師，年約四十，奇人也。

素朴の心

《臺灣文學評論》

第六卷第二期　二〇〇六年四月十五日

※十二月二十九日(禮拜四)共立女子大學畢業生竹內淑香帶了她的八歲的兒子來台旅遊,順道來看我。淑香小姐特愛台灣,跟我學了四年漢語,也懂一點台語,最適合教日文,可惜有能力而無碩士以上學位,便只好在日語學校教書。兒子義光君也有語言天分,見面就叫我「阿公」,令人疼愛。他用日語寫了一句「最愛台灣」送本館。期待他日後的成長。

※一月二十七日,結束了共立女子大學大學院的集中授課,也結束了一年的兼任講師,從此完全與共立脱離關係。博士生高部千春特發起餞別會,會場設於金碧輝煌的九段會館。與會者有丸山松幸恩師、神田千冬、五日市恭子、淺沼かおり、國分建一(以上同事),趙順實、戴佳利、金正愛、郭菲菲、娜仁格日樂(以上研究生),平澤曜子、西山陽子、大曾根優子、菅沼律子(以上第一屆畢業生,一九九〇年入學)、山崎裕子(第二屆),一直到松田佳子、金原由貴(以上在校生二年級、二〇〇四年入學),可謂我在共立服務十五年來的師生齊聚一堂。當年被我罵過的或當過學分的,今天都變成談笑的話題。主辦人發給每人一張問卷,填寫對我印象最深的記憶,幾乎所有的人都會提到「台灣」二字。把「張良澤」與「台灣」連串起來,可能是我在日本教學的唯一成果。今日一別,何時再相見?

※二月十七日（禮拜五）上午，一部大型遊覽車載了台文系師生四十人，由麻豆校區出發，途經楓港、台東，抵花蓮吉安鄉民宿已是晚上八時了。

十八日上午九時，到吉安國中體育館報到，已坐滿了三百位阿美族人。他們都是九十八年前（明治四十一年，一九〇八年）被日軍迫害而散居各地的七腳川社的第二、第三代遺族。今天由行政院原住民委員會及國史館台灣文獻館舉辦《原住民重大歷史事件七腳川事件》的新書發表會，遂有七腳川社族人的第一次回到故地的相聚。此書由林素珍、林春治、陳耀芳三位族人學者共著，寫下比霧社事件更早二十多年的原住民抗日事件。由我提供的一百多張舊相片也同時印製成精美的《七腳川事件寫真帖》，致使該事件得到鐵的印證。大會中，特地由一位頭目贈我頭目服，另一位頭目贈我頭目帽，最後由大頭目贈我一把蕃刀，並封我為「榮譽頭目」，宣佈我的「蕃名」為Mayaw Tangah（我音譯為「馬耀．達伽」）。老頭目解說這是已故頭目的襲名，意味「勇敢的戰士」。我得此榮譽，當場宣佈我的精神從今日起便屬於阿美族，並願為我族人奉獻所能。

大會宣佈兩年後是事件的一百週年紀念日，要舉辦七腳川社所有族人的返鄉大慶典。

下午閉會後，我們師生同往太魯閣一遊。

十九日上午返南。途經鳳林，由黃輝爵院長帶領，前往張七郎先生墓園參拜。女主人張玉嬋女士（果仁先生遺孀，年逾八十，尚康健），於張七郎先生及其長子宗仁、三子果仁三人合葬之墓前，簡述一家三人被國民黨軍殺害之經過。談到三具體無完膚的遺體置於客廳時，其三歲長孫摸著三具遺體，哭叫著阿公、阿爸、阿叔時，玉嬋女士哽咽不語，而我們也暗自呑淚。這是我生平首次聽到二二八受害家屬的親口敍訴。過去我只在文獻上知其一二而已。同學們一一趨前拜禮之後，便告辭女主人而繼續歸程。臨別，女主人玉嬋女士手贈珍貴資料〈訴冤狀〉二份。此為第一手資料，故特發表於本刊。

原路返回痲豆已夜晚九時。此行雖犧牲週五半天課業，但學生之收穫諒必畢生難忘。

《臺灣文學評論》

第六卷第三期　二〇〇六年七月十五日

※三月十一日（禮拜六）下午趕往陽明山訪黃靈芝兄。戴副編以前已先來拜訪過一次，由她帶路，來到古松垂壁崖的仙境，只見大門上的門鈴寫著「請拉此繩」，仔細一瞧，掛在門鈴旁邊有一條繩子一直延伸到崖上的屋子，一點也沒有信心地用手一拉繩子，也不知主人聽到了沒有？突然一群野狗在崖上亂吠，一會兒，主人在崖上探頭笑迎。我由下仰望，猶見青空中降臨的仙人。拾級而上，庭院花草叢生，野狗奔吠。入屋內，古物古器琳瑯滿目，猶如小型博物館。坐定，仔細打量眼前這位彎腰九十度而牙齒不整，脖子纏著圍巾的「長者」，總無法與三十年前那位筆挺、瀟灑、俊秀的美男子聯想在一起。當年吳濁流創辦《台灣文藝》，設置「台灣文學獎」時，每年都在吳老家裡開座談會，我這個小老弟敬陪末座，偷偷愛慕這位身世不凡、飄逸如謎的「異色作家」。雖只是見過幾次面，但三十年來不斷收到他寄給我的小說集和俳歌集。如今第一次來訪他的「仙居」，而且還蒙他親自泡茶並端出備好的壽司，實在受寵若驚。對坐半日，言語雖少，如沐春風。請他揮毫，推辭再三；一旦應允，又不容瑕疵，手書二張皆作廢。最後題：「二字」兩個大字，尚不滿意，但已無大宣紙，勉強讓我帶回。此「二字」意指何辭？詩人玄機，看官自由心解。

※三月十二日（禮拜日），由台北趕往龍潭。聽說鍾老大身體不適，大姐又住院許久，我一直耿耿於懷，算來也該有兩年沒見面了。感謝主，一切沒有我想像的那麼壞。大姐雖有點浮腫，但笑容依舊；老大雖有點老態，但聲音依然宏亮，我心放下一萬斤重，大談大吃起來。兩老辛苦半輩子，但從不把「愁苦」寫在臉上，如今猶牽掛內外，身心交疲而強作歡顏。我真誠邀請他倆來麻豆小住，但似難實現。今日突然下雨天寒，老大拿了一件只穿過一次的名牌毛衣替我穿上，倍覺溫暖。我言明此件毛衣將永遠陪在我身邊。

※同日下午，鍾老替我連絡黃文相，並叫來計程車。黃家在龍潭坡，司機小姐找了好久，才在雨中的林間發現一座有如城堡的紅磚古厝。並非破破爛爛的古厝，而是經過整修而保存得相當完美的客家古厝。我無暇進去參觀，由其大嫂帶領我們往古厝後邊另外加建的長方形水泥屋。三十年老友，都不知道他出身名門豪族。老友比我年輕，但長期跑醫院，今日正好在家休息，碰上我這個不速之客，令他忘了百病而忙進忙出地搬了一堆文稿出來。一向只寫作而不發表的他，破例在本刊發表一篇小説〈斷耳的香爐〉之後，進而決心要出版第一本小說集。三十年來，熱情未改，除了瞎了一隻眼睛及身邊

多了一位賢妻之外，我不覺得黃文相有甚麼不同。我把帶來的宣紙攤開來，他手握大毛筆，豪氣地揮灑了「香火」二字。為了今夜在別處有演講，夫妻倆開車送我到近在咫尺的「渴望學習中心」，始知科學園區這一帶的土地，過去都是黃家的茶園。

※李登輝學校邀我在同日下午七時半到龍潭鄉渴望學習中心，向日本李登輝學校台灣研修團（五十人）講一堂課，題目是「日治時代台灣人的生活經驗」。正好這陣子我在整理吳新榮先生戰前日記，我便把各年日記中重要的片斷摘錄下來，證實台灣人在日本統治之下，受到經濟、教育、政治各方面的不平等待遇，但同時台灣人也受到某些建設的恩惠。有幾分證據就講幾分話，我不願空口說白話。結果學員們似乎很信服，且討論熱烈。總算沒有讓李前總統丟面子，也算是我對李前總統盡了一點報答之意。

※日本早稻田大學台灣研究所長西川潤教授非常關心本館。從淡水時期到麻豆時期共來參觀三次。三月二十八日（禮拜二），第四次來台，也是第一次攜帶夫人及次子西川穗夫妻來館參觀。首先在第一展示室的西川滿遺像前膜拜之後，再往三樓的「西川滿記念文庫」巡視。十年前從東京運回其父西川滿（當時尚在世）藏書時，他就到淡水

校區本館巡視，甚覺滿意。其後本館南遷麻豆校區，他又來看，更覺滿意。因此，他當面向蔡博元主任答應目前尚留在他家中的父親生前保留下來的藏書及其遺物，悉數歸本館所有。一家人快快樂樂宿白宮實習飯店一夜，翌日開始環島旅行。

※四月二十一日（禮拜五）赴東京訪西川潤先生，大略估計西川滿遺物海運數量。翌日二十二日（禮拜六）攜鐵民的么女（老三）開始短暫的「奔逃之旅」。舜文今年六月將從東海大學藝術研究所碩士班畢業。兩個姐姐都已成家，唯獨她想赴日進修，我便帶她來探路。早前我已把舜文在大學時代的作品集交給共立的同事木戶雅子教授（藝術史）過目，她初評尚可造就。此次雅子教授硬要我去一看她丈夫木戶修教授（東京藝大雕刻科）的工作房。從上野乘坐新幹線，夜抵佐久平驛，雅子教授開車來接，直往山區「學人別墅區」，寒氣襲人，修教授已先燒暖爐等我們。夫婦倆曾隨我遊台一週，對台灣人頗有好感，看到舜文，就如自己的女兒。

翌日（二十三日）帶我們去附近的「無言館」參觀。此館為個人收藏品，專門陳列第二次大戰時，日本的美術學生應召往戰地的犧牲者生前所遺留的作品及生前所用的畫具。有一幅某生出征前替十七歲的妹妹畫了蹲在芭蕉前的大張粉彩畫，穿著和服的妹妹何等年輕貌美。如今老婦人不忍天天流淚看此畫而想起十九歲戰死於南洋的哥哥，便捐給此館。其他每幅畫的背後皆有令人斷腸的故事。我不知看過多少次畫展，從沒有像這一次強忍眼淚的崩堤。舜文遲遲才走出來。她眼眶紅紅，默默無語。

二十四日（拜一）參觀木戶修教授個人工作房。只聽說他專攻金屬雕刻，沒想到美術家的工作房竟如中小企業的工廠！起重機、鋼條、車床、焊桿、貨車，一位大教授就在這廠房裡，從設計到磨亮，都自己動手。廠房前有一具不知名的大作品，乍看不覺其妙，但日夜間攝影下來細看，才知這具金屬塔分分秒秒都在追尋日光、星光及月光。

下山時，山腰、溪邊的櫻花盛開，舜文情不自禁下車拍照，但為趕路，無法多留戀。趕到東京藝大，吃過午飯，修教授即帶我們參觀雕刻科及繪畫科的工作現場，並引見了院長及各科教授。我第一次來此校內參訪，甚覺校風開放自由，師生一體，難怪人才輩出。恰逢日本畫科主任手塚教授開回顧展，看來甚年輕，但已是此一領域第一人。他看了舜文的畢業展圖的相片，甚覺台灣的膠彩繪有日本傳統，可惜該科系最新規定只收公費留學生，易言之，就是由邦交國推選出來的學生，藝大日本畫科才願意接受。亞細亞的孤兒在此又挨了一棒。

二十五日（拜二）往訪仙台松島的塩澤亮先生。他的父親塩澤亮先生在戰爭末期帶領了台北女師的學生疏散到南投的雙冬避難。他把雙冬生活至戰後被遣返日本為止的經歷繪成長卷。我花了三年時間在找尋這件原繪及其遺族。結果在喜久四郎先生的協助下只找到複製品而已。不料返台後，卻有高雄李英妹女士從喜久先生處得悉我在找尋遺族，便親自來館相會。她說她與其恩師的長子塩澤襄經常通信，我便請她代為美言，讓我設法在台灣出版其父之繪卷。終於得到佳音，便約於今日前往拜借原繪。帶舜文同往，一來讓她享受日本三景之一的松島風光，二來讓她知道追尋一件藝術品的苦心。襄先生是退休的高中歷史教師，特邀了他的大姐及大妹來同聚。他們都是繪卷中的登場人物，談起他們六十多年前在第一故鄉台灣的生活，不勝懷念。我請他們兄妹各人寫一篇回憶文，以便附於卷末，並打算於出版時請全家人回到雙冬重遊舊地。襄先生看我工作積極，便當場答應讓我攜回原繪。我恭謹拜受之後，便開心地跟著他們享受煙雨中的仙島美景及美食。

※五月五日，黃英哲老弟從日本返成功大學演講後，順便去新樓醫院探訪葉笛，即來電話叫我明後天就去看葉笛。我心想葉笛住院已半年，下星期六我正好要去台南辦事（麻豆與台南之間的興南客運，來回三小時，加上騎車、等車，就花掉半天，故甚少

去台南。）葉笛不差一星期吧。不料九日（禮拜二）早晨就斷氣，翌日上午黃勁連才通知我中午以前要趕到市立殯儀館。匆匆乘黃院長的私家車，趕到懷恩廳，告別式已進行了一半了。孝女蓁蓁陪三女兒服喪在靈柩之側，大嫂已體力不支，而由尉天驄兄陪坐在前。我不敢認她們，因為我在一九七九年赴日之後，惟一常去吃飯聊天的就是葉笛家。當年蓁蓁還是個小女孩，還有一個小兒子。聽說他兒子前天才返日，昨日老爸就安心地走了。陳輝東的葉笛粉彩畫像，真傳神，鼻頭與面頰紅紅的，好像剛喝過酒，難怪他要大家在靈前各喝一杯。我也喝了，但心裡在罵他幹嘛要喝拼命酒。靈堂入口處，掛了大白布，龔顯榮寫了輓詩：

詩人葉笛：以詩篇、以哲理、以情義、以美酒
圓滿劃下人生的句點。
在此告別親朋戚友及諸方有緣人
莎喲娜拉，再見啦。

祭靈後，黃勁連等酒友又在外面喝酒。我等著靈車要出發，好友們把靈柩抬進車廂，正要關車門時，我偷偷把一枝康乃馨放在靈柩上，猛拍一下老葉的大腿，不禁叫一聲：老葉！慢走！

《臺灣文學評論》

第六卷第四期　二〇〇六年十月十五日

※台南國家文學館曾麗蓉小姐聞說台灣名醫故蔡瑞洋先生的舊藏書要捐出，她知道故人與我的關係，便帶我去見蔡家的人。民權路的瑞洋醫院，多熟悉啊！

三十年前，我在成大任教時，有一位蔡醫師主動打電話來邀我吃飯，一見如故。從此每週末便叫他的司機開著古典賓士，載我一同下鄉訪友，幫我打聽台灣文史資料，順便吃當地的名產。後來同車出遊的人增加了吳新榮先生的夫人吳英良女士及詩人陳秀喜女士。日月潭的張文環先生、台中的楊逵先生、斗六的鄭津梁先生、西螺的廖先生，都是我們常去拜訪的對象，直到我出國前的三年間，疼愛我如親子。

一九七八年底，我赴日本筑波大學任教未幾，傳來蔡醫師心臟病突發而遽逝。

一九九二年黑名單解除後，我便常往返台日間，路過台南時，就會想探望瑞洋醫院，可是又因我略知故人生前的一些感情問題，使我不敢面對夫人。直到今年（二〇〇六年）五月三十日，曾麗蓉帶我去見蔡夫人時，其長子哲明兄、么女碧蕙妹，皆待我如兄長；而夫人也不咎既往，且答應故人的藏書皆捐贈本館，使我紓解了鬱積二十多年的不安。

六月七日（禮拜三），約方兄再度往訪，目的是拍攝故人遺像，打算把當年我常與蔡醫師對談的書房重現在本館的一室。也叫搬家公司來估價運費。

※有一位日本《每日新聞》派駐於沖繩縣八重山島的新聞記者松田良孝先生，為了調查第二次世界大戰時，從八重山島及石垣島集體避難到麻豆的歷史記錄，特召集了當地有關人士約二十多人，要來麻豆實地調查。松田記者首先寫信來麻豆培文國小，培文國小就把此事推給麻豆學鼻祖詹評仁先生。詹老爺（實際年齡少找數歲）便命我負責連絡與通譯。

六月二十八日（禮拜三）上午，一行人抵達培文國小，程耀煌校長特地安排了一間座談會場，致歡迎詞後，即請詹老爺開講。老爺一上台，就拿出一大冊題為《戰火悲歌》的資料冊，如數家珍地把當年避難到麻豆的沖繩人口、家眷、男女老少的統計數字背出來。嚇壞了當年就讀麻豆小學校的中尾長政先生及在麻豆出生的大濱永亙先生。當詹老爺把他們兩家的戶口謄本影印本出示時，兩位先生皆感動得不停拭淚。原來詹老早已做了這方面的研究，使追蹤多年的松田先生一下子就得到答案了。

會後，即開始尋根之行。首先是大濱的出生地「西國民學校」（今培文國小）的舊校地，附近的護濟宮市場就是他童年的記憶。而後走老街到總爺糖廠，這段路是中尾先生每天的通學路，街面未改，令他興奮不已。走進麻豆國中，原來這裡是中尾的母校——麻豆小學校。如今改成國中，面貌全非，所幸謝振宗校長帶大家去看一個石頭碑，碑文寫著：

皇紀二千六百年記念事業

□□□麻豆尋常高等小學校

□□夕寄贈ス

昭和十四年十月麻豆小學校保護者會

才讓他想起當年這塊石頭碑的事。

此一行人除了這兩位老先生是麻豆的關係人之外，其餘有的是避難六甲、斗六、虎尾等地的子孫。他們只聽過父祖提起台灣的事情，而未曾來過台灣。如今親臨其地，追懷先人的足跡，必感慨良深。是夜，包車趕回台南，特邀詹老及終日奉陪的李秋自老師、涂瓊菊老師和我去台南飯店餐宴，表示他們的謝意。

翌日，《自由時報》、《中華日報》皆大幅報導。七月六日的日本《每日新聞》亦刊出大新聞，題目：

「台灣南部的麻豆鎮

八重山避難此地共兩百四十一人，其中十八人死亡

當地歷史學家確認當時的公文書」

我首次發現這段鮮為人知的歷史，覺得這是台灣與沖繩交流史的重要一頁。因此希望將來能舉辦一次學術會議，徹底探究「戰火悲歌」的前因後果。為此，本刊下期擬先發表一個小專輯，藉以拋磚引玉。

※八月三日（禮拜四），一部貨車運走了蔡瑞洋醫師畢生愛讀的藏書（約一萬冊，惜多蟲蛀）。蔡醫師畢業於台灣總督府台北醫專，但酷愛文學與哲學，整間書房都是日文版的哲學大系與文學大系。他最崇拜的是他的胞兄蔡瑞欽，台南師範學校的高材生，熱愛文學，曾於張文環主編的《台灣文學》發表日文作品。可惜於二・二八時，被國民黨軍槍決。也許受到胞兄的影響，加上吳新榮先生的鼓勵，偶而也寫〈醫學與人生〉之類的隨筆發表於醫學雜誌上，筆名「旅人」。我於赴日前夕，得到他全部未發表的手稿，迄今無暇翻譯問世，實愧對恩師。如今既搬走了寶藏，便請蔡博元主任代表校長前往台南，向夫人呈贈「感謝狀」乙紙，表示將於本館另開一室為「蔡瑞洋先生紀念文庫」，供眾人利用。

素 朴 の 心

《臺灣文學評論》

第七卷第一期　二〇〇七年一月十五日

※九月二十四日（拜四），「南瀛學」講座主持人詹評仁老仙為了第一次田野調查，事先帶領我、涂瓊菊老師、戴嘉玲老師去下營鄉勘查郭家古厝，順訪大甲鄉毛家。我與佳里吳新榮先生家族發生因緣已有三十多年，對毛雪夫人景仰已久，惜未曾一遊毛家。今承詹老案內來到一座日式舊宅，庭園清幽。見一中年男士，名毛利族，引我們入坐。古樸的榻榻米客廳，一位老婦人笑瞇瞇地出現在大家眼前。毛利族先生介紹道這是他母親，名林秀鸞女士，今年九十五歲。眾人莫不驚訝。不但行動輕快，且談吐清晰，彷佛七十多歲而已。她說十七歲嫁給毛昭川先生之後，就一直住在這屋子；緣側（日式迴廊）有一部縫紉機，是她的嫁妝，現在還在使用。我請她一試，果然手腳敏捷，像我母親年輕時的姿態。

毛家古厝已變成高樓，只剩這棟日式平房與這位老婦人。我問她對毛雪（她丈夫的大妹）及吳新榮（毛雪的丈夫）的印象。她說她是長媳，整天都在廚房煮大家族的三餐，無暇過問內外親戚。我問她出嫁前的生活，她說自公學校畢業後，因為她父親好客，且要照顧弟妹，所以就在家中幫母親做家事。問其父名，曰：林泮。這使詹老與我大吃一驚，原來是鼎鼎大名的南台大詩人林香芹！也是吳新榮的漢學老師，也是鹽分地帶文學健將林精鏐（芳年）的父親。今天無意中發現林秀鸞女士的存在，好像讀了一篇南瀛學的活文獻。

又，日後詹老再去下營郭家古厝，從上角厝廢墟中，撿出一塊黑心古磚，重六公斤，一半為泥土所覆。古意盎然。特來贈我，我將傳為家寶，以紀念我與南瀛之一段緣份。

※許獻平老師的助理王素滿女士來電稱：她的伯公王金河醫將從台北返北門故里。這使我大為雀躍，遂於十一月四日（禮拜六）上午邀約詹老、涂老師母女及台文系學生蔡易澄、賴珮琳，驅車往北門教會。一路上，寬敞的柏油路已非昔日的飛塵滾滾的石子路，且已看不到鹽田，頗感陌生。想起四十八年前，首次來北門海邊，訪南師學妹王清芬同學家。她帶我去參觀在她家附近的烏腳病醫院，才知道台灣有這麼悲慘的一角落。一九七〇年任教於成大以後，便每年帶領學生來此採訪，對王金河醫師一家人獻身於烏腳病患者的義舉敬佩不已。為深入了解這群被社會遺忘的「怪病者」，我曾於病房住宿一夜，記錄最幼患者、小學一年級的小妹妹的二十四小時的生活。該文發表於《夏潮》雜誌，是我寫作史上值得紀念的一篇報導文學。後來整理吳新榮資料，才知道毛雪夫人的妹妹毛碧梅女士就是王金河醫師夫人，而王醫師就是吳新榮醫師的東京醫專之學弟。當我知道這些關係之後，我就離開台灣了。

今天重遊舊地，教堂猶在，但醫院鐵門已生鏽，醫療室、廚房、病房、復健室、勞作室原樣不動，只是人去樓空，危牆頹瓦，彷如置身幽靈之界；幸好庭園中的老樹，還長得很有生氣。藍慶和牧師解說道：他已發起重修運動，要把醫療室恢復原狀，設立「烏腳病紀念文物館」。看來，真要靠上帝的力量了。

幾位記者跟著王金河醫師走進來了，一看，除了兩叢白眉毛之外，沒有甚麼改變。接過我的名片，思索了片刻，突然想起來說：「你就是吳新榮日記的張先生！」便親熱地擁抱住我。

聲音洪亮，精力充沛，完全沒有九十高齡的老態。帶領眾人一一解說每樣醫療器具，更感念他的伙伴謝緯醫師。最意外的是當年我看過的那幾罐切割下來的手腳標本仍放在地上。

※自從票決第十屆台灣文學牛津獎得主為黃靈芝先生之後，深怕他拒絕接受，便請他週邊好友及其弟子多為我美言。終獲首肯，如釋重擔。十一月十八日（禮拜六）帶領本系師生十數人專程北上，與淡水校區的郭崇仁主任秘書、陳凌主任相約於陽明山的黃府會合。下午三時抵達陽明山，入黃府，已有多位俳句會會友及前衛出版社林文欽社

長、黃明川兄嫂及其攝影師等人在座。

先由陳凌主任宣佈：因得獎人黃靈芝先生體弱，無法前往麻豆校區領獎，故打擾黃府做簡單的頒獎儀式。因校長出國，故由郭主任秘書代表呈贈獎牌。我請戴嘉玲老師朗讀她為黃靈芝先生撰寫的獎詞：

在死神的追隨下　像蟹般地……

於是

您的固執　創作了精湛的日文小說

您的堅持　創導了台灣俳句

弧高奧妙　幽默諷刺　玄機

您戰勝了自己

因為

您是「異端者」

一朵　台灣文壇的奇葩

謹獻給

黃靈芝先生

我有點擔心這樣「異色」的獎詞會出紕漏，不料俳句會的詩人們一致讚美此詩非常貼切。黃靈芝也開心地笑納了。從頭至尾只要有人起來致詞，黃靈芝先生就站起來聆聽。聽說最近又動手術，彎著腰，身上的那套西裝顯得又大又重。

眾人來到庭園合照紀念，學生請教他一些問題，不知不覺天色已暗。黃夫人挽留大家吃飯，但為趕回麻豆，遂婉謝而道別。

事後，《自由時報》記者劉婉君小姐聞訊來採訪，於二十四日刊出一篇〈黃靈芝獲台灣文學家牛津獎〉之報導。

《臺灣文學評論》

第七卷第二期　二〇〇七年四月十五日

※三月十日（禮拜六）上午八點集合往文獻館編輯室，美惠已備妥每人一份的西式早點。九點謝館長簡報，特別搬來有關日治時代的出版物供大家傳閱，日方客人無不驚嘆文獻館的工作成果。十點參觀台灣歷史館。十一點戴嘉玲老師帶領的台文系學生四十人抵達，會合參觀「二二八特展室」。十二點學生包車直往雙冬會場吃便當，另一車往附近日本料理店，又是不同口味的台式日本菜。下午一點半抵達雙冬國小，走進半圓形拱門的校門，只見操場上搭了帳篷，座無虛席。司儀宣佈日本客人到場時，全體起立鼓掌歡迎。走上升旗台，這就是今天《從臺中雙冬疏散學校到內地復員》繪卷的新書發表會的會場。小小山村的小學校，背山面河，昔日塩澤亮先生率領北師女生部三百人在此避難、求學的生活，已隨著校舍的改建而從人們的記憶中消失了。今天十三位老太婆重返舊地，在台上唱起六十年前的驪歌，而台下有兩三百人的台灣人熱烈歡迎她們歸來，難怪她們會泣不成聲。洪敏麟教授負責本書的評介，公開宣佈當年省立員中初中部的張良澤是他的學生，而今找尋台灣文獻頗有成就，只是書中翻譯有錯，足見日文功力尚差。我被老師說得滿臉豆花。不過我還是厚著臉皮上台特別介紹塩澤亮先生的遺族——次女淳子、三女裕子、么兒襄及里美夫人。家族四人都感激誓言餘生將為日台文化交流、日台親善而努力。

※三月十六日（禮拜五），林衡哲兄安排我在淡江大學的通識課程中，講一堂台灣文學。林兄到處在推銷我，就像當年把我推銷到美國一樣。其實來回花十小時車程，而演講二小時，實在很不合經濟原理。但盛情難卻，就編了六頁的作家圖像，從吳濁流、楊逵，到廖清秀、黃靈芝，總共列了二十二位〈我所景仰的台灣文學家〉，打算短而精地灌輸知識給學生。可是我走進教室，才知道這堂課原是有關音樂的通識課，我只是客串一下而已。臨時，我改變方針，講講我於一九六一年參加文友聚會之後，決心投入台灣文學的行列，在反共文學與西洋文學的夾縫中，台灣文學如何發芽、成長的過程。我坦誠面對這些後生晚輩，設法把「台灣文學」四個字植入他們的心田，我就不虛此行了。最後我留下一點時間給大家發問，有一位坐在最前排的帥哥最用心聽講，也只有他發問。時間過了，正收拾書包要離開時，一位女生悄悄遞給我一張紙條，我就悄悄地塞進口袋裡。等到南下客運車上，我才悄悄地取出來。——

您好，今天很高興您來淡江演說。

其實我們這些年輕人或許已經離台灣文學有點距離了，

但是我們的心在展望世界之後，一定是離不開台灣的。

在聽到台灣文學的前輩經歷了那麼多苦難，
不可免俗的熱淚盈眶。過去的年代其實離我們不遠，
在承接長輩的古老記憶時，彷彿我們也走過那年代。
聽了您的演說，其實是很生動的，很榮幸能聽到您的演說。
您像一滴水，反射了湖的投影，
讓我得以窺見台灣文學的記憶。
謝謝您。

二〇〇七年三月十六日　陳怡如

《臺灣文學評論》

第七卷第三期　二〇〇七年七月十五日

※大約三年前，我從日本返校時，阿嬌報告有一位西螺的魏嘉亨醫師來館參觀，留下一首讚賞本館的漢詩之後，就神秘地沒再聯絡了。直到今年三月十七日（禮拜六），魏畹枝等一群人駕臨時，始知那位神秘醫師原來是魏畹枝的弟弟。已不記得年輕時有沒有見過她，但「魏畹枝」這年輕的名字是我當年心中的偶像，因為她老是陪伴吳濁流去登山遊水（吳老漢詩中老是提到她），而早期的《台灣文藝》，她更是男性作家群中的一點紅。

如是一位「美麗」女作家突然出現眼前時，竟然變成一位行動不便的奥婆桑了！同年代的黃娟，仍然健飛於太平洋兩岸，且「雌心」勃勃，健筆如飛，創作傳世之作。可是魏畹枝好像已修成與世無爭的女道人，只會「感恩」而已。我希望她東山再起，讓後人重新記起戰後第一代台灣女作家魏畹枝。

※三月十日在雙冬國小辦了一場動人的《雙冬繪卷》發表會後，三月二十三日（禮拜五）就收到仙台的塩澤襄先生寄來一件包裹，內附一信，略曰：

此次返台出席家父的繪卷出版記念會，承蒙大家溫暖的歡迎，吾等家族無上榮幸。

家父的繪卷對我們家族而言，是知悉家父辛勞的貴重文物；對他的學生而言，是生存於動亂時代的証言。數十年前，他的門生們首次將此繪卷刊行時，家父只靜靜地觀望而已。

過去也有琦玉大學等幾所大學來洽談出版事宜，但都沒有大規模的計畫而告吹。戰後經過了六十年，由於張先生的見識，而使家父的繪卷復活，其間苦勞可想而知。

接到台灣文獻館劉峰松館長來信稱：「做為美術品以及貴重的文獻史料，應予最高評價。為留傳於台灣文化史，我們想要出版」云云，我感動難忘。

在日本，有關戰爭前後的台灣、朝鮮、中國等記錄或業績，似乎已被淡忘；師範學校也被廢止了，只存活於畢業生的記憶中。

此次的出版，讓疏散學校的女子師範師生們的勞苦，做為史料事實而留傳下來，令人感到欣慰。

而這件事不留傳於日本，卻留傳於異國，不得不敬服台灣人的寬大胸懷。

（中略）

為了報答張先生的苦勞，茲將三十三年前刊行的繪卷僅存的一卷同封寄上。

倘能陳列於張先生的台灣文學資料館之一角落，數年後，我們的子孫們往訪真理大學的台灣文學資料館時，看到家父的繪卷，必甚驚喜云。

我得此貴重禮物，即刻陳列於第二展示室的長櫥中，心想我們的寶物愈來愈多了。

※三月二十八日（禮拜三），台灣文學系系學會主辦了一場王金河醫師的演講會，感動了滿場聽眾。自從去年十一月拜見了久闊的王醫師之後，幾位學會幹部就期待能請他蒞校演講，而這回託王素滿女士之福，幫忙與她的叔公聯絡，終得從台北返北門鄉掃墓之便，滿足了學生們的要求。現在的學生連「烏腳病」這個歷史名詞都不知道，聽到他講述六十年間，與腐爛、發臭、長蛆的病人為伍，而且全家妻女都獻身協助，聽者莫不由衷敬服。王醫師退休之後，舉家遷居台北，不幸其妻毛碧梅女士（吳新榮元配毛雪之妹）臥病不起，王醫師全心照料，直到辭世為止，未假他人之手。此情此愛，聽得女生們欣羡不已。她的二女兒芳美小姐也在場，我就請他清唱一曲——鍾弘遠「為最仁慈的王金河醫師」特別作詞作曲的〈仁慈者〉。詞曰：

一雙烏腳有路嘛丕行／心頭受驚嚇／阮乁生命親像煎火鼎／大日頭無人遮／大風雨無地避／只有伊給阮醫／只有伊給阮疼／天頂有主佇那／人世間有伊在這／王爸

爸王爸爸／你是千百年來乁仁慈者／你是千百年來乁仁慈者！

王二姐唱得很動聽，大家聽得很動情。九十一歲的王醫師愈講愈興奮，聲音愈宏亮，全身跳躍，彷彿比我還年輕。

會場出現一位王醫師的粉絲——在學甲鎮開業的李育軒醫師。原來他對烏腳病的病理頗有研究，而他的父親又是吳新榮醫師的好友，遂請他做了簡短的補充說明。

散會後，學生們圍著王老醫師問長問短，好像不放走這一位仁慈的阿公。

《臺灣文學評論》

第七卷第四期　二〇〇七年十月十五日

※七月二十二日（禮拜日），接獲王金河先生之么女王春滿女士之通知，被聘為「財團法人王金河文化藝術基金會」之董事，盛情難卻，終於答應了。這是我人生第一次掛牌當了「董事」，值得大書特書。

記得一九五八年我於小學教書的第一年寒假，首次千里迢迢來到台南縣北門鄉，探訪南師的學妹王清分（南師三年級），夜宿其家。翌晨，她帶我散步其屋後的河堤，過了河堤有一間小教堂，裡面附設烏腳病醫院。第一次看到藥水瓶裡泡了一節烏黑腐爛的小腳掌，始知「烏腳病」之可怕。

一九七〇年我自日本返國，兼任成大中文系講師，而王清分學妹已結婚生子，可是我仍念念不忘那海濱的呼喚。一九七二年昇任專任講師，開設「新文藝欣賞與習作」課程後，便開始每年帶學生來實地取材，目的在使學生認識文學要深入社會底層，關心貧苦大眾，而非只喊喊口號而已。每年學生的習作都少不了一篇〈北門紀行〉或〈烏腳病目睹記〉。我為了以身作則，便請醫院唯一的職員張先生（大名已忘）讓我住院一天。當時正好有一位小妹妹長期住院中，此年入學北門國小一年級，我便以她為對象，從下午開始記錄她的作息，整夜坐在她床邊。翌晨陪她上學（一腳鋸斷，一腳包紮，靠兩枝拐杖撐到學校），直到下課返回醫院。整整二十四小時拍入我的鏡頭，一舉一動皆寫入我的筆記簿。

後來我將此日記整理成一篇〈小烏腳病患者一天的生活〉，寄給《中國時報》〈人間副刊〉。副刊主編（大名已忘）來信說我這篇投稿給他一個靈感，遂開闢了名為「社會邊緣」的專欄，一時「報導文學」成為副刊主流。可是我的「大作」不知何故一直被壓下來。不久，有《夏潮》雜誌的主編（好像是蘇慶黎小姐）來索稿，要我寫「貧苦大眾」的故事，於是我向〈人間副刊〉索回該稿而發表於《夏潮》，引起小小的震撼。

直到去年（二〇〇六年）重遊舊地，與九十歲的王金河醫師擁抱，倍感溫馨。所以今日欣聞成立基金會，即便不掛頭銜，我也願意效勞。

※七月二十六日（禮拜四），陳金湖兄帶了一批人來訪。因陳兄在台南醫師公會講授西洋音樂欣賞，結交了一群音樂同好。今天來訪的是醫師公會理事長顏純民醫師、文華婦產科醫院張兆榮醫師、西淋紀念診所李育軒醫師及眷屬們。顏醫師送我該公會成立六十周年紀念出版的《風華跫音》。原來顏純民是本縣副縣長顏純左的哥哥，而顏純左是當年高醫學院學生社團的負責人，有一次他和陳永興到成大中文所來邀我去高醫演講，結果在會場前面被教官趕走，而演講會宣告流產。此事令他耿耿於懷。最近我回麻

豆之後，副縣長每次上台講話看到我在台下，就會提起這段「光采」的往事。又，顏純民理事長夫人，原來也是當年成大中文系學生，可是她說對我印象不深，可見漂亮的學生都愛玩。另一位張兆榮醫師送給我一本他主編的《南瀛醫情》(五十五 週年紀念)。這兩本精美的紀念集，對我目前正在做吳新榮日記的注釋工作提供了珍貴資料。

至於李育軒醫師已於上次王金河醫師演講會見過面，他父親李西淋醫師生前是吳新榮醫師及王金河醫師的好友，吳新榮日記中屢次提到他。今天，他帶來一本我的《四十五自述》，含羞地說：六年前前衛出版社發起「五千元救台灣文化」運動，他就匯了五千元，前衛送他一包書，當中就有《四十五自述》，他隨手一讀，竟然一口氣讀完之後，覺醒了台灣人意識，感動之餘，就在書後亂寫了幾句感言。他要我簽名紀念，我翻開書後，果然歪歪斜斜、密密痲痲地寫着——

第一次聽到有位叫「張良澤」的瘋子，為了研究台灣文史，不惜傾家蕩產全力以赴，九死而無悔。憑其這種做學問、熱愛鄉土的狂熱，我就直覺真心的喜歡『他』那種執著理想，追求知識的衝動。拜讀張良澤的四五自述，竟感動不能自己，彷彿從他所走過的路，看到我們熟悉成長的影子。大學畢業，服完兵役，當完小兒科住院醫師訓練，竟驚覺於「對台灣史、文化、藝術、民主運動的幾近無知。」(中略)要如何教育成長我們的下一代？台灣的定位、前途？人生奮鬥的目標，願再次浮現在眼前。祝福「張良澤」教授，早日完成其心願，為台灣文化建館打拼努力。

一九九一年六月四日　李育軒　西淋紀念診所

一九九一年，我的黑名單尚未解除（有一部分人已被解除）。他竟然知道我的夢想是建造台灣文化館，可見他已完全了解我的心思。真感激這位天涯知音者。一行人參觀之後，顏理事長約我日後去醫師公會演講，我當場答應。

《臺灣文學評論》

第八卷第一期　二〇〇八年一月十五日

※二〇〇七年四月八日赴嘉義搬故張乃賡醫師的文物之後，十月三日（禮拜三），我與高坂老師雇了一輛小貨車，又去嘉義搬文物。這次是因張喜久、王泰澤夫婦返台之便，張繼昭交代其妹喜久聯絡我們的。張醫館所存放的舊傢俱、舊衣櫥，都是近百年的文物，可惜大物件無法搬動，本館也沒地方安置，只好作罷；凡能搬動的桌、椅、櫥，滿滿裝了一小貨車，全部搬回高坂老師的素朴居暫放，等他日再行捐館。其中，泰澤夫婦找到一張「表彰狀」，是最珍貴的文獻。其內容大意如下：

「張乃賡一家人常用國語，堪稱一般人的模範。因此授與花瓶一只，並表彰之。

昭和十五年二月十一日

台南州知事正五位　石井龍豬」

可惜花瓶已不知去向。唯此獎狀由我暫時保管。

※從真理大學校門右轉直走五公里就是麻豆鎮街，同樣左轉直走五公里就是下營鄉街，雖同等距離，但大家都往麻豆街上跑。十月十一日（禮拜四）上午我帶了一群台文系學生的機車隊，飄揚一面大旗子，旗子上是珮琳同學仿畫潘元石先生的版畫《和阿公去旅行》出版紀念書票。浩浩蕩蕩騎過下營街上，眾人奇異的眼光看我們，似乎以為

有何大事發生。來到下營國校會場，新書發表會正好開始。小朋友們端端正正坐滿禮堂，聆聽文化局葉局長介紹新書《下營鄉的老故事 和阿公去旅行》的作者曾瀞怡女士和插畫者潘元石先生。在座還有附近國校校長及文史工作者。主持人臨時指名我講話。我大聲問道：「小朋友，你們知道下營鄉出產了一位國寶級的人物是誰嗎？」小朋友齊聲大呼：「顏水龍！」我說：「答對了！通通有獎！會後請校長每人送一本書。這本書是你們的曾阿姨所寫的下營故事。插圖的潘元石阿伯是台灣最有名的版畫家。我在日本買了一本他的版畫集，薄薄的十張版畫，日幣三萬圓。所以如果今天你們拿到《和阿公去旅行》這本書，好好保存到你們當了爸爸或媽媽之後，必定價值連城！」話剛說完，小朋友們迫不及待地大喊：「校長，我要書！」一時熱氣騰騰，笑聲滿堂。

素朴の心

《臺灣文學評論》

第八卷第二期　二〇〇八年四月十五日

※二〇〇七年年底至二〇〇八年年初，收到很多賀年卡，寒暄數語，甚為溫馨。茲錄數則，以資感恩。

⊙給張教授暨台文評的工作群：歲末年終，感謝大家的努力與無私的奉獻。祝福未來的一年，工作順利，事事順心。

——陳春生．陳艷紅

⊙新年是否一切順心如意？年底時得知前輩杜文靖中風，病況甚重。想起要多提醒前輩們保重，煙、酒少碰，有警訊時要多注意。（略）希望您能一直健康、年輕、充滿活力！

——林佳君

⊙謝謝您的蒞校指導與贈書，在新的一年，祝福您 新春平安、快樂如意。

——陳怡君（嘉義女中校長）

⊙接連收到兩本大作，再也無法保持沉默，尤其第二種，套句學妹的話「五雷轟頂」，的確太震撼了。半世紀前的那段黃金歲月，彷彿時光倒流，一一呈現。（下略）

——黃幸男

⊙去年家父（塩澤亮）的繪卷承蒙您的努力得以出版，吾等子女感謝之至。（略）近讀台北林彥卿醫師的《山地非情》，更知台灣人所受的諸多不平等待遇，心中悲切但又無能為力。謹祈台灣人幸福平安。

——相澤泰子

⊙去年十一月，家父的三十三回忌日，做了法事，靈前報告了先生盡力出版家父的書，再次感謝您的好意。目前，我在學習台灣文化，也去圖書館借閱鍾理和的書。今後請多指教。

——塩澤襄

⊙承贈《「南師」師友的來信》一書。限定非賣品五百冊中，惠贈我一冊，實感榮幸。十六歲多感的少年時代，經過半世紀以上，竟然還保存當時的書簡，令人驚嘆。尤甚可窺見張先生如何活過動蕩的年代，令人想起自己的人生所為何事。(下略)

——內山加代

⊙回憶老師教導之恩，終身難忘。謹祝永遠欣喜安康。

——三河加代子

⊙（上略）在此新年，我們希望大家都記取這些話的涵義：「奮力摒棄流俗——不分世代，代代長時奉公守法，無論何人，人人隨時改過自新。」此亦二〇〇八年「台灣維新」聲中，台灣人此後極應年年堅守的「歷史共業」。

——王泰澤・張喜久

⊙感謝您的大作《吳新榮先生日記全集》，將充實本所圖書館藏，不勝感激。

——陳坤宏（台南大學 台灣文化研究所）

⊙五彩給張良澤好運，張良澤給台灣文學好運。敬祝您身體健康，事事順心。

——馬靖雯

⊙（上略）在五〇年代，北門貧瘠的地方，竟有一位聰慧、獨立、熱情、勇敢、堅強的新女性，令人欽佩、驚訝。身為王氏家族成員，感到驕傲。慶幸沒有與「浪漫文人」論嫁娶。純真的人性，純真的愛，五十年後，「序」為一生的情，記下最溫馨的故事。北門——有您深深思慕的地方。敬祝您新年快樂、順心如意。

——王素滿

⊙承贈吳新榮相關書籍兩種，多謝。日記中文翻譯完成出版，可喜可賀。我對吳新榮深具關心。多保重。

——河原功

⊙感謝您這些日子總是不斷地給予學生許多寶貴的資料，您的不吝分享讓我深深感受到您做學問的熱忱和對台灣文學的熱情。在此歲末年終之際，祝老師身體健康，心想事成。（下略）

——薛建蓉

※一月二十五日（禮拜五），中研院台史所許雪姬所長帶了四位研究員來訪。一頭散髮的施添福教授原來也是師範畢業的，且在師大研究所的指導教授是石再添老師。談起當年石老師剛畢業師大之後，第一年就是教我的史地（南師一年級），兼指導書法課，故施兄與我可謂同門。年輕的張隆志在台灣歷史人物評傳方面曾給我深刻印象。鍾淑敏教授覺得很面熟，原來在中央圖書館台灣分館的會議上曾同過席，對台灣文獻頗為內行。吳叡人兄約於二十年前相識於東京，其後曾在台下聽他演講，折服於他廣博學識與口才；今日，他見我對今後台灣文史之發展抱持悲觀，他竟滔滔暢論政黨如何輪替，「台灣主體」是絕不會後退的。看他炯炯眼光與微笑的嘴角，心中佩服又羡慕。許所長看我將沉淪，忍不住又寫了一段鼓勵我的話。唉！吾老矣。

※三月二日（禮拜日），日本《西日本新聞》記者小山田昌生先生來訪。電話中說他是我在筑波大學任教時的學生，我一時想不起來；一見面，才慢慢回想起二十多年前，坐在前排用心聽課而個子瘦小的好學生，也於課外指導過他們演中國語話劇。如今已變成福泰禿頂的中年男士了。原來他於筑波大學畢業後，就入報界服務，去年昇任「台北支局長」，負責台灣方面的報導。他說他也曾被派駐中國，但還是喜歡台灣，可能是因為以前上課常聽我介紹台灣文化之故（一笑）。此次南下高雄，採訪總統選情，順道折來看我。一來敍敍舊情，二來問我意見。此君雖來台灣才一年，可是對台灣社會認識甚深。他說國民黨已不提「終極統一」，而改以「台灣優先」為號召，問我看法如何。我說：會有很多台灣人受騙，可是在沒改為「台灣國民黨」之前，他講什麼，我都不信。

臨別之前，題了「台灣魂」三字贈我，不愧為我的高徒！

《臺灣文學評論》

第八卷第三期　二〇〇八年七月十五日

※四月二日（禮拜三），劉漢中兄帶領國立台灣文學館鄭邦鎮館長及我前往劉家古厝挖寶。先開往柳營的劉家宗祠，此處是本系「南瀛學」課程田野調查必來之地，所以我已跟學生來過三次。劉兄說此一宗祠每年花維修費及管理費不貲，長此下去，不勝負荷。我建議將此名厝捐贈國立台灣文學館，做為分館，長駐人員，專門收集南瀛文物。劉兄說此法甚佳，他將遊說宗親們。鄭館長也表樂意接收，但需研究接管辦法。

再開車往新營市區，在鬧街中長長圍牆圍住一大片森林雜草，舊相片中的洋式豪宅已不見遺跡，只剩一棟木造平房，隔成三間。劉兄說這是他青少年時代生活起居的家。他說最右邊的房間是他們兄弟的書房，還有一台當年他父親劉吶鷗從東京購回的名貴鋼琴，他願意將這些遺物全部捐給本館或國立台灣文學館。整棟木房已傾斜，我從破窗戶爬進去，屋瓦滿地，抬頭見天。推開東倒西斜的樑柱，看到被壓扁的書櫥，下面的一些洋文書，已被雨水泡製成磚塊；幾個畫框已不見畫圖。劉兄說靠牆處有一台鋼琴，我始終找不到。翻開屋瓦，好不容易才看到一排鍵盤匍伏在地。劉兄在窗口探頭說鍵盤上鑲的是象牙，叫我把象牙剝下。但我只看到片片木條，好像被剝掉指甲的指頭，牢牢抓住地面。

我不甘心空手而歸，便撿了幾片屋瓦做為紀念。另見荒草中有人闢一小塊番薯園，葉片青翠細嫩，我順手摘了幾枝梗葉帶回學校栽種。

※李雅淑同學愛在網路上買書，有一次網路上出現一本張良澤著《生存的條件》，問我買不買？我一看封面，不是我原先設計的封面，甚覺奇異。原先的初版本於民國六十五年（一九七六年）七月，由台南大行出版社出版。封面圖是我大兒子道功童年的塗鴉。當時，我因編了一本日語讀本賣斷給大行出版社（店名「成大書局」），銷路不惡，我就順水推舟，請他出版了一系列的「台灣鄉土文學叢書」，其中，也印了一本我自己的短篇小說集，書名《生存的條件》，成為我生平第一本也是最後一本的短篇小說集。當然這些文學書是賣不出去的，但王老闆講義氣，隨便我搞。日久，自然成了絕版書。李雅淑幫我買了的這本《生存的條件》，相片、內容皆同，唯有封面改成相當觸目驚心的「名畫」。版權頁上仍印著作者張良澤，發行人裴振九，出版者大行出版社，而出版日期則印民國七十七年（一九八八年）九月二版。原來這本拙作在我旅日期間，且為解嚴之後，李登輝總統就任那一年再版了。因為版權已賣斷，所以出版社不必通知我，不過這遲來的信息也讓我暗喜竟然還有人買我的幼稚作品。一時想見見王老

闆（我知道此出版社一直掛名發行人裴振九，但我不知其人）。照社址的電話打不通。後來蔡易澄打聽社址已遷仁德鄉，並約好四月十三日前往拜訪。

此日聽完謝里法等人的演講後，匆匆趕往仁德鄉已下午六時。見面交換名片，才憶起他叫王敦品先生。仍然一條牛仔褲，個子也沒長高，只是短髮變白，而笑容多皺紋。在學生面前不斷吹噓當年張良澤多偉大，好像把我捧成「偉大的蔣總統」。學生們識大體，只笑笑點頭而已。他說老朋友濶別三十載，不忘來看他，「夠義氣，今晚我請客，隨便你們吃什麼」。仍然海派作風。我說路邊攤最好，他就開車帶路直往台南市社教館旁邊的餃子館，他說這家家鄉味最道地。王兄開心暢談他的事業，他以流亡學生來台，娶了韓國女子裴振九為妻。創業之初，得到美軍顧問團之眷顧。種種傳奇故事，光聽覺得可惜，就邀他用文字記載下來，交給我整理發表；他一口答應，但不知是否會動筆？

其出版事業已交由次子經營，印有《圖書目錄》小冊子，次頁為「日語系列叢書」，當年我編的《最新綜合日文讀本》還在銷售中。我平生編著許多書，能銷售三十年而不斷者唯有這一本。至於「鄉土文學叢刊」已不見蹤跡了。他說他手邊沒留下半本《生存的條件》，至感遺憾。

※四月二十七日（禮拜日），《葉石濤全集》全二十卷新書發表會於高雄榮民總醫院第二會議室舉行。我先去高鐵台南站接塚本照和先生，再同往會場。下午二時，除了老戰友鍾老大之外，該來的都來了。其盛況比起前五卷的第一次新書發表會真不可同日而語。可能大家都期待拜見葉老手術後的尊容吧。此全集由國立台灣文學館、高雄市政府文化局及財團法人文學台灣基金會三者合力而成。主編人彭瑞金兄費五年心血，立下了台灣文學第二座高山（第一座當屬錢鴻鈞主編的《鍾肇政全集》全三十八卷）。

高雄市長陳菊姊上台致辭，我坐於中排聆聽，不料她竟能從滿堂的聽眾中認出我來，特別提一提我的名字。我高興的不是她還記得我，而是證明她一度輕微中風之後的腦力已全復原。三十年前我在海外接應她出生入死的場面，猶歷歷在眼前；返台後，我一直在台下注目她的官場起伏。

鄭邦鎮兄就任台灣文學館館長之後，馬不停蹄完成了前幾任館長未竟的事業，而這一套葉老全集完成於他任內，也算記了一功。文建會副主委吳錦發兄眼看因政權轉移而將下台，感觸良多；沙場猛將，預告將有一本詩集出版，做為文化官場的寫照。最推崇葉老的是當司儀的曾貴海醫師，全場使用閩南話，一再強調葉老是「一粒沙」。我忍不住大聲糾正他說「一粒山」。他即反駁道：「我是客家人，能講這樣的福佬話，已不簡單啦！請問你會講客家話嗎？」引來全場大笑。

一定有很多人想上台讚美葉老幾句，可惜輪不到台下人，時間已到了。然而聽眾依然不散，大概還在期待鄰棟病房的護士會把葉老推出來跟大家說聲「再見」。司儀先生又宣布不便去病房探望葉老，大家只好默默而散。塚本先生遠道而來，同樣是直腸癌的難友，也只好作罷。便陪他直往台南大億麗緻豪華飯店，與陳昌明老弟會餐。

※奉成大文學院新任院長陳昌明老弟之命，差不多一個月來就頻頻與塚本教授聯繫來台演講一事。眼看日期將屆，可是塚本一下子說要精密檢查，一下子又說醫生警告不得勞累，害得陳院長與我提心吊膽，唯恐海報一出，到時又落空。終於在演講的前三天，確定無誤之後，我才收到正式的海報。

另一方面，陳院長要求我提供當年塚本來台的相片，我便向許素蘭求救。許素蘭再向張德本求救，張德本神通廣大，從旅遊中的加拿大電傳了兩張珍貴照片，即塚本首次來成大與南部文友的大合照。另外，我叫日本的女兒亭亭趕緊去我的書庫，翻箱倒櫃，找出幾張舊照。

四月二十八日（禮拜一）下午一時，在成大光復校區鳳凰樹劇場，成大法鼓人文講座第四場的演講開場了。也許是碰上上課時間，所以聽眾並未滿場。首先由陳昌明院長致辭、介紹，也不忘重提他是我成大中文系的第二期學生，而文學院秘書傅明秀女士（美濃人）是我第三期學生；至於許素蘭、張德本、張恆豪等名家則是我第一期學生。接著由陳院長頒給塚本教授一座金質勳章（純金重三兩），塚本教授感動得說不出話來。儀式完畢，便開始〈三十三年台灣文學路〉的演講。由我當引言人，其內容與上回在台北教育大學舉辦的國際華文會議大同小異，也都由我先譯成中文，而由塚本先生用漢語發音。當中，我有時也會脫稿發問，而塚本先生也能對答如流。我的結語是塚本教授不愧為日本的台灣文學研究之鼻祖。

※六月十二日（禮拜四），與國立台灣文學館鄭邦鎮館長夫婦及該館三位工作人員搭機前往日本。抵達美浦我的書庫已是晚上九時。鄭兄一定要看我的書庫還剩哪些書，我也順便回來看看濶別一年的「鬼屋」有無異狀。打開充滿霉氣的書庫，麗蓉、佩蓉、佳玲三位拼命照相；我把窗戶打開，趕快換空氣。泡麵充饑，克難一夜。

翌（十三）日天亮，三位小姐趕往橫濱，準備明天的開幕。留下鄭兄夫婦，自願義務勞動。鄭嫂一大早起來，已把大門至玄關的雜草拔得一乾二淨，現出一排踏石，這是好久未見的日本式小庭園。鄭兄起來後剷除剩下的雜草，上身赤裸，滿頭大汗。我家庭園首次有此光采。下午，送鄭兄夫婦到橫濱華人街旅館與工作人員會合後，我回町田公寓，看老妻的病況。幸無大礙。

六月十四日（禮拜六），下午兩時半，在神奈川近代文學館舉行「台灣文學館の魅力——その多采な世界」特展開幕典禮。此次展出經由黃英哲老弟兩年的奔走，換了三位文建會主委和兩位文學館館長，終於在鄭館長手中實現。算是台灣文學史上第一次進軍國際的大展。典禮由雙方館長（主方館長為紀田順一郎先生）致辭，皆強調今後要加強日、台雙方的文化交流。紀田館長自慚看了今日之展出，始知台灣文學之多采多姿。

三時開始，便由東京大學藤井省三教授與紀田順一郎館長的對談，題為〈台灣文學の魅力〉。以投影片介紹現代台灣作家與作品，主要以藤井教授的自身經驗為主，深入淺出，固然無法顧及全面，但已足以引人有興趣去買台灣文學日譯本來看。又，藤井教授首次把「台灣文學」詞條編入岩波書店發行的《廣辭苑》最新版，此功不可沒。

六時起，在橫濱港都飯店舉行晚宴。黃天橫夫婦、劉漢中夫婦、劉知甫夫婦、河原功夫婦皆應邀參加。藤井教授向他美麗的妻子介紹說：「這位張先生是台灣文學研究的大御所權威。」令我飄飄然。橫濱文化界代表致歡迎辭之後，請許世楷代表致辭。許代表夫婦已看過陳列品，所以他特別提到林獻堂與梁啟超邂逅的一段逸事。原來陪林獻堂去見梁氏的是甘得中，就是夫人盧千惠女士的外公，所以從外公口中得知當年梁、林二人筆談的內容。這段話對我明天要演講的內容大有幫助。許代表不愧為台灣政治史家，且對台灣文化史瞭如指掌，不必看稿，侃侃而談，精彩無比。不過，千惠姐私下告訴我：他徹夜不眠解決了最近爆發的釣魚台事件，可是國民黨政府故意扯他的後腿，使他一天也不想幹下去。真是枉屈國家大材。奈何！奈何！

※六月十五日（禮拜日）下午二時，輪到我的演講，題為〈台灣文學中的梁啟超與吳新榮〉。只因此次展品中有梁氏與林獻堂的往返書簡及吳新榮的紀念帖，故花了不少功夫研究梁氏資料，而《吳新榮日記全集》十一卷也及時趕出兩套帶來現場；早已編製了梁氏、林氏、吳氏三人生平對照年表，交給我方文學館彩色印刷。不料，只印了五十份，會場竟來百人左右（每張入場券日幣八百圓），害得主辦單位臨時彩色影印追加之。

陳維斌醫師不知從何處聽說我要赴日演講，便於五月底就頻頻來信約我吃飯。（另有西川潤教授亦然，但因排不出時間而婉拒之。）今日，陳兄果然帶了一群「日本台灣語文化協會」（前任會長許極燉夫婦亦來）會員來捧場。共立畢業生也來了幾位，其他新雨舊知皆乘此機會來相見，讓我頗有「衣錦返鄉」之感。所以我講得特別賣力，讓親友知道我回台灣不是白吃白喝。

會後，陳維斌兄即接我們到池袋的中華餐館參加該協會的年會。這是我離開日本後才成立的新團體，看來有不少的醫師，可能是陳兄的台語歌曲的粉絲（陳兄曾獲台灣金曲獎）。餐會開始前，陳會長報告他的台語詩處女作發表於本刊，才使得他有信心走下去。令我鼻子又高了三公分。

翌（十六）日下午二時，赴台北駐日代表處參加《吳新榮日記全集》及《龍瑛宗全集》日文版的新書發表會。台灣文學館洽得代表處的協助，於官方機構舉行別開生面的新書發表會，雖然名聲很好，但因時間與地點的關係，一般市民或台僑來者甚少，幸有媒體記者來採訪。劉文甫、劉知甫兄弟報告他父親的生活與文學；黃天横先生以舊照片緬懷文獻委員會時代的交誼。最後由河原功先生做兩個全集的評價，不愧為專家，一言九鼎，令鄭館長頻頻點頭，並指示手下全場記錄，以供日後訂正。河原功說：他去年為了要撰寫吳新榮的思想，曾來吳三連台灣史料基金會調閱日記原件。當時他甚苦於原件文字之潦草、模糊不清，心想要是有人能判讀而印成鉛字該有多好。不料，今年五月間他就接到《吳新榮日記全集》一、二卷，一天就讀完，無一字錯誤。如今十一卷全出齊，他急著要全部讀完。鄭館長大悅，就把唯一供人參觀的一套當場贈送給他（另一套已贈神奈川近代文學館）。

※六月二十六日（禮拜四）下午赴高雄黃旭初宅聚會，商議許昭榮烈士海葬事宜及遺稿遺物之處理方法。我雖受故人遺言委託，但還是要尊重家屬的意見，要我如何出力就如何出力。黃旭初兄初次會面，送我一本他與王宗仁合編、陳武鎮插圖的《悲怨．火燒島——白色恐怖受難者曹開獄中詩集》。始知詩人曹開出身於員林東山，想起五十年前我常去東山找南師好友曹浩一時，曹開恰在獄中，故沒人敢提起此人。如今被黃兄挖掘出來，加上別緻的插圖、印刷皆屬上流，曹家當以他為榮了。

會後，陳老戰友帶我去看故人遺居。清靜公寓二樓的一室，是故人租賃多年的辦公室兼起居室。書籍、文件、書桌都跟平日一樣，好像他出去辦事馬上就要回來的樣子。陳戰友說：故人決行前兩小時，還去找他交代協會餘款處理之事，有說有笑，毫無異狀。連他的愛妻也在事後才發現遺書。難怪警方處理現場時，發現他的身體緊連在座車的車位上，姿態端正，毫無掙扎跡象；也難怪我看到的是一團徹底燒焦的黑木炭之姿。

※六月二十七日（禮拜五），一位長著拄著黑傘，走進辦公室，狀似疲憊的旅者為

了避雨而無意間闖進來的。我趨前問候，原來是鼎鼎人物蘇維熊先生的長子蘇明陽先生。有人告訴他本刊曾提起他父親的事，所以特地從美國回來找他父親的資料。我趕緊找出幾篇介紹他父親的文章，影印給他，令他感激得題字道：「十分敬佩您對台灣文學保存及發揮之努力。」其實，我的用心是要引發他寫他父親及他本身的故事，投寄本刊發表。希望他回美國後，勿忘此約。

※六月三十日（禮拜一）清晨四時半，請蔡承翰開車，我與學佑、雅淑同車出發。六時半，集合於高雄文化中心，乘坐遊覽車南下，中午抵達台東成功港。許昭榮烈士次女捧著遺像，長孫抱著骨灰，坐進包租的遊艇，向大海出發。

遵照故人遺志，把骨灰撒在太平洋上。船上六十位親朋好友，有原住民戰友、日本戰友，目送骨灰灑向粼粼波光的太平洋，大家默禱無語，卻聽日本戰友大呼「先輩！莎呦娜啦！」船上正好播放故人最愛聽的海軍進行曲，我不禁舉手敬禮。

歸程，主家在中途的臨海餐廳謝宴。與林正宏牧師談起而多年前在日本相會之事。由於許昭榮之死，才促成我們的重逢，但前兩次都以眼神彼此打招呼而已。今日大事已告一段落，便舉杯歡敍別來無恙。當年都是為台灣奮戰的難兄難弟，而今牧師已成滿頭雪花的老人。

《臺灣文學評論》

第八卷第四期　二〇〇八年十月十五日

※七月七日（禮拜一），臨時奉國立台灣文學館鄭邦鎮館長之命，前往台南參加「台法文學博物館交流」座談會。年前在吳錦發擔任文建會副主委時代，極力打開與外國的文化交流，今天巴黎的巴爾札克文學館館長伊夫．卡尼爾先生的駕臨，也是吳副主委鋪好的路，而由鄭館長實踐的。

據悉「巴爾札克文學館」、「雨果文學館」及「浪漫生活博物館」為巴黎的三大文學館。從投影片中看巴氏文學館，是巴氏生前住在巴黎的三層樓公寓改裝而成的，所以建築物本身看來並不起眼；正式成立於一九七一年，歷史並不久，但來自世界各地的觀光客絡繹不絕。

館內收藏品可想而知一定是巴氏的文稿、生前所用的桌椅文具等。而最讓我感到珍奇的是，有一面牆壁全貼了巴氏作品中的插畫，共約五千張版畫，可見每個年代都有畫家用各種角度來表現巴氏作品中的人物圖像。這是在台灣文學作品中從沒看過的現象。我相信那些版畫家一定有不少是外國人。可見巴氏文學影響之廣具深。聽取伊夫館長的簡報之後，輪到我國內各文學館的投影簡介。本館也事先得到通知而提供了一些畫面，他如鍾理和紀念館、楊逵紀念館、賴和紀念館等也都上了鏡頭，可惜時間太短了。

座談會指名我先發言。我除了羨慕法國出了一位巴爾札克之外，最關心的是經費來源。伊夫館長說若憑政府的微薄預算，大概一年買不到幾件；所幸大部分都是收藏家主動捐贈的。一聽，又令人更羨慕了。許添財市長臨時趕來，送書給客人，強調台南市是國際化城市，也是台灣文化的中樞。

會後，鄭館長帶大家參觀該館的複製、補修的工作室。伊夫館長驚訝這裡的儀器連他們都買不起，難怪複製品可以亂真。還有典藏室的完備，也是超過他們的。我來過國立台灣文學館無數次，都不知地下室有這些祕密機關。鄭館長說他也是第一次看得這麼仔細。

※八月二十三日（禮拜六），與兩學弟、兩學妹同車北上，直抵新竹北埔，目的在探訪龍瑛宗的故居。來到慈天宮廟前，才知道這裏我已來過兩次。當年在日本共立女子大學任教時，每年暑假都帶日本學生做台灣文化之旅。從電腦上查出代表北部客家庄的是北埔，結果除了看到修復中的一家古厝和一棟富豪的洋宅之外，滿街都是賣吃的攤販，印象較深的是喝過客家擂茶。此外毫無客家文化氣息，更不知龍瑛宗出生於此（我一直以為龍瑛宗、吳濁流都是新埔人）。今日既知龍瑛宗是北埔人，就決心要找到他的故居。從作品中得悉龍瑛宗的童年生活是在廟庭附近，所以從廟前的店家一家家問起，

可是無論老的、少的，都不知有劉榮宗（龍瑛宗本名）這個人，也不知道這一帶有姓劉的。越過廟庭的大馬路，再繼續問下去，好不容易問到一家餅糕店的女兒（約三十歲左右），指著對面的房子說：「就是那一家。」一趕快越過去問賣飲料的歐巴桑。她說她只租樓下的店面，可是房東不姓劉，而且樓上不住人，也無從問起。正在躊躇不知所措之際，有一位在冷飲攤聊天的青年走過來說：「劉榮宗的家就是這裡，他的父親跟我阿公很熟。」他還說你們來北埔找什麼文化？北埔已變成飲食街了，哪有什麼文化？雖然這樣，他還是我發現的唯一的文化人。洋式建物的天花板用大圓木架構，看起來很堅固；雖然面積不大，但二樓的正面很有氣派，龍瑛宗的父親在日治時代建造這一幢小洋樓時想必也風光一時。從帆布幔的縫隙間可看到洋樓浮雕的「劉協源」三個字，但不知是龍瑛宗父親的名字還是店號？

總算費了九牛二虎之力才找到作家的故居。我不禁跟學生們抱怨說：在日本，要探訪作家的故居是很輕鬆愉快的，因為地方上都以出了作家而引以為榮，一下車就有指示路標，甚至有詳細的解說牌；可是代表台灣文學的大作家龍瑛宗竟然消失於吃喝的人海中。

黃昏趕到竹北市。學佑的母親已在「風城之夜」餐廳等候了。走進餐廳，赫然望見一片排滿飯桌的大廣場，滿天星斗，仔細一看才知那是油畫的天空加上小燈光。三面都是我童年時代的店家，有理髮店、雜貨店、戲院等等，其招牌、佈置都是五十年前的舊物。客人彷彿置身於舊街道包圍的露天廣場，享受古老台灣的氣息。吃過飯，便往二樓巡迴一周，真佩服店長蒐集了許多的古物，且設計得如此「生活化」。店長一定是與我同樣懷念老台灣吧。這家店與其說是餐廳，不如說是「生活博物館」。真想認識這位有心的店長。

※五年前遊綠島之後，就一心嚮往紅頭嶼（蘭嶼）。眼看這學期陳淩系主任又要我開「原住民神話傳説」課，為免心虛，決心抽空親跑一趟《八代灣的神話》（晨星出版社）的故鄉。九月四日（禮拜四）抵台東富岡民宿後，即租機車出遊富岡附近的「小野柳」，奇岩怪石，大開眼界；晚間赴台東街上吃著名的「東台老店」的米苔目，果然名不虛傳。

九月五日（禮拜五）從富岡漁港搭乘快艇，經綠島，航程共兩個半小時抵蘭嶼開元港。「隨緣小棧」的年輕老闆古拜來碼頭迎接。我説此行目的在找夏曼・藍波安，他笑答藍波安就是他的堂叔。即租機車，先往夏曼家。天助我也，夏曼在家，正與一位女士洽談〈山中禮物〉的紀錄影片。看起來比六年前在東京初見面時更強壯，但頭頂也禿了些。確定他這兩天都在島上，我便安心地把行李放置於小棧。拿著地圖，開始環島一周的機車之旅。原以為此島孤立太平洋中，海風、颱風吹襲，必成光頭島，而晨曦一照，才被命名為「紅頭嶼」。不料，高山聳立，森林密布，宛如仙島。沿海公路一邊是山，一邊是海，崎嶇起伏，甚是過癮。奇岩異石，嘆為觀止。環島一周不需兩小時，但因中途常停車觀賞，故今日只跑過紅頭村、漁人村、椰油村三個部落而已。

九月六日（禮拜六）清晨，走出小棧，藍波安已在室外等我。隨地而坐，愈看愈覺得他是男人中的男人。戴老師逮住機會請他在書上題字，他不假思索寫下瀟灑的一句：「相遇在礁石的住民，其實眼前的海已告訴你答案——」。十時，訪他的家，他正在樹上的「小閣樓」準備射魚的魚槍。抬頭看後面的二樓外牆上，用紅漆寫著「海洋朝聖者」，字跡有些駁落，猜想已過一、二十年了吧。等到世新大學的年輕女教授換好衣服，藍波安就帶路到椰油海邊。他教她背氧氣筒深潛，我和老戴用吐氣管浮潛。水中游魚不驚，珊瑚伸手可觸。玩過中午，正要歸去，一隻老山羊來打招呼，害得戴老師依依不捨。下午去蘭嶼文化館參觀，只有一位女職員在枯坐，我不得不多買幾件小禮物。晚上七時，如約赴會，藍波安正在解剖剛打回來的幾條大男魚（可惜錯過了〈冷海情深〉的實地演出，遺憾之至），準備曬成魚乾。大嫂早已燉好一鍋魚湯，一鍋蕃薯粥，還有飛魚乾炒豬肉。恰好停電，反倒吃出原始味。生平最難忘的晚餐。飯後，又上「小閣樓」喝啤酒，一位個子瘦小的年輕人也來參加，原來他是下午在公視播放《海洋練習曲》的紀錄片攝影師。

九月七日（禮拜日），再騎機車環遊朗島村、東清村、野銀村。最後在海邊的涼亭前，豎起拇指拍照，便往港口乘船歸去。

※九月十九日（禮拜五），公視電視台一行九位工作人員來訪。原來他們是屬於客家電視台的節目製作組。此行南來，目的在打聽本館有哪些客籍作家的資料，以便日後應用。我很樂意協助，開放所有的文庫供他們參觀。看到下午五時，一部分人先趕回台北，留下四位美女繼續暢談。

劉秀俐小姐題曰：「時光在此停住、生命在此映像。」

邱香蘭小姐題曰：「感受歷史之美。」

謝淯羽題曰：「入寶山得寶物。」（並繪圖）

謝安琦題曰：「靜……」（並繪圖）

我說：「兩年前曾來拍攝鍾肇政資料，希望貴電視台趕快播出。」她們說：「為了要求完美，還在製作中。播放前一定會通知你。」

《臺灣文學評論》

第九卷第二期　二〇〇九年四月十五日

※最近趕著補寫《台灣民報》於拙編（《台灣關係書誌》）中，才發覺大正十四年（一九二五）的「二林蔗農事件」的中心人物一位是住在二林的李應章醫師，一位是住在潭墘的劉崧甫先生。看到「潭墘」二字，驀地想起我於南師畢業後被分發到潭墘國校服務一年，當年十九歲，只會跟清分學妹寫情書，從未知道村裡有劉崧甫這號大人物，更不知有「二林蔗農事件」。如今五十年後，才想尋訪舊地補充知識，便寫信給當年的得意學生劉和通君，請他有空帶我去看看早年劉崧甫對農民演講的廟宇是否還在。

劉君回信稱乾脆召開同學會，順便帶我去探訪耆老。於是十月十八日（禮拜六）帶了台文系九位學生開車直往潭墘國校。

自從一九五九年夏，教完一年的六年級之後，就調任永靖國校，直到一九六一年考入成大之後，學生們召開第一次同學會以示慶賀（一九六四年春節）。那時他們還是少年囝仔，校園未改。而這一次事隔半世紀，學生變得比我老；校園擴建更新，找不到任何我熟識的標的物。一位年輕女校長親自來準備會場。十時，大家紛紛入座。劉復到老校長、張清標老師意外蒞臨，家母及大妹一家人也來看熱鬧。劉和通特地編印了文圖並茂的《大城鄉潭墘國小第一屆畢業生（民國四十八年六月）第二次同窗會》的小冊子分給大家。我對照舊照片的每張面孔，要想很久才認得出來。根據和通給我的「點名簿」，我一一點名，才發覺全班人中已有六人住進天國，而有十二人「下落不明」（希望下次同學會能把他們找出來）。

現第十任女校長呂美慧（鹿港人）頗能幹，前不久才舉辦了潭墘國小五十週年校慶，編了一本精裝的紀念專刊。當中「歷屆教職員工表」記載第一位教師「張良澤」，到職日期為民國四十七年八月一日，離職日期民國四十八年八月三十一日。以下有九十人，真是濁水溪後浪推前浪。可能大家都以為我已不在世間，所以沒人找我回來參加校慶。

和通特別安排大廚司在樓下走廊辦桌，我把台文系同學分配於每桌，讓她們邊吃邊採訪，規定每人至少要採訪二人以上做為報告。酒菜豐盛，吃到下午二時始依依道別，相約五年後再會。

下午三時餘，和通帶隊往訪劉崧甫故居。原來就是同事劉坤炤老師的家。當年白白胖胖的劉老師新婚未久。教職員總共九人，剛好組成一隊排球隊（當時是九人制），劉復到校長當隊長，遠征大城國小，而劉老師救球笨手笨腳，大家都愛調侃他。只知他父親在地方上很有名，可是沒人跟我提起當年的「豐功偉業」。劉和通的家就在隔一條小路的鄰家，我每夜到和通家替班上要考初中的十來個學生「惡補」，竟然不知劉崧甫兄弟就住在後面這一座三合院的古厝。如今，人去樓空，只有一位管理員開門讓我們進去參觀。古厝旁立有紀念碑，上刻「紅療址誌」，略曰：「此處為劉崧甫先生（一八九八年～一九七一年）設立『紅療哲學館台中分館』以仁心仁術濟世救人之原址。雖療舍已杳，崧甫先生在『二林蔗農事件』中義助弱勢，對抗強權的仗義精神及潛心醫學以濟世人的慈悲心懷，深值永誌以教後人」云。而劉崧袖先生就是劉崧甫的弟弟，台南師範畢業，曾任大城公學校訓導，後任大城庄長；他就是劉坤炤同事的父親。我來此任教時，村裡大人小孩都見過我，而我只惦記村長的美麗女兒，其餘長輩皆不在目中，於今悔之莫及。只恨沒有人敲開我的智慧之窗，告訴我鄉土史的重要性，害我於半世紀後，來此頓足。

潭墘村唯一的村道走到盡端就是濁水溪。當年風沙滾滾的沙地不知幾時都已變成良田。登上溪堤，想起當年帶學生來此野遊，而今劉和通已當工科教授，且將退休矣。星星眨眼。台文系女生們嘻嘻笑笑，不知愁滋味。

和通帶眾人到相距五公里的大城街道吃海產。古老的街道似未改變，只是找不到當年我唯一的娛樂處——那家古老的電影院。

夜宿潭墘國小學童餐廳。家長會長特別安排我們使用全校唯一有冷氣設備的空間。

大家省略洗澡，把桌子併攏，各自鑽進帶來的睡袋，別有一番滋味。

翌日（十月十九日，拜日），和通備好地圖，出發採訪八十多年前蔗農們與製糖會社抗爭的地點，亦即劉崧甫向蔗農們演講的地點如廣東厝的百姓公、皇天公、聖安宮等處。問附近的老人們，都說小時後生活很苦，略知會社不公平而已，至於什麼文化協會或蔗農組合之活動，一概不知云。來到火燒厝，即今二林鎮廣興里，里長謝求泉先生原來是和通的遠親。他帶我們到荒郊野外，但見一柱紅色木樁立於田中。原來彰化縣前縣長翁金珠於數年前在此舉辦過一場盛大的破土典禮，規畫建造「二林蔗農事件文化園區」。如今只留一柱紅樁，上面白字寫著「二林蔗農事件紀念碑址」，已駁落而模糊。問謝里長何以如此，他也說不出原委。

中午，和通送我們到高速公路口，便結束兩天的歷史之旅。雖然收獲不少，但覺未來的課題更多。

《臺灣文學評論》

第九卷第三期　二〇〇九年七月十五日

※大妹百合打電話來說，媽媽當選模範母親，要我於五月三日（禮拜日）返回彰化，參加盛典。可是當天我於烏山頭有一場重大公事，實無法抽身。母親年紀已九十三歲，以前也得過幾次模範母親，可惜我都漂泊在海外，從未躬逢其盛。這一次我又缺席，媽媽一定有些落寞。我心毋甘，便揮毫寫下「偉大的媽媽」特大字，上題「恭賀 張陳錦雲女史榮膺模範母親」，下署「長子張良澤　七十歲」等七個子女的名字與年齡，一同敬賀，寄給台南林肯畫廊，請他裱框後直運秀水大妹家。果然趕上大會。大妹來電稱媽媽意外驚喜，全場矚目媽媽一人，令她走路有風。張家子孫全到，唯有大哥與么妹兩家無法趕回。

※一九八〇年代我在東京擔任「在日台灣同鄉會」會長及「台灣學會」理事長期間，每次演講會都可看到一位慈祥長者坐在邊邊，靜靜地聽著，從未發一言。只因常收到他的捐款，只知他名叫「吳正男」，是住在橫濱市的台灣人。由於杉山小姐的引介，這次特來相會。詳談之下，始知吳先輩也是當日本海軍，戰後被拘留於西伯利亞，死裡逃生被遣回日本。自從許昭榮開始為台灣老兵奔走之後，吳先輩捐出許多文物給許先生。目前有一部分借給高雄市文化局，陳列於公園主題館內；其他許氏遺物都在本館文庫，

由學佑學弟整理中。吳先輩講述日本海軍旗與鋁飯盒的故事，令人垂淚。我懇請他寫下回憶錄，讓本刊讀者了解又有一位台灣老兵的真實故事。

吳正男先生以「誠」字，余美智女士以「鄉土情」三字相贈。

※書神劉峯松的媽媽劉周碧桂女史於二〇〇九年五月十七日仙逝，享年八十九歲。寄來訃聞，內附一紙〈一代美人　香消玉殞——悼念媽媽劉周碧桂女士〉。一看美人玉照，讓我嚇了一跳！原來劉兄的媽媽和我的媽媽都是台灣大正年間出生的大美人，不但臉型相似，且髮型、洋裝都相彷彿。甚且劉文稱：「媽媽的手藝極好，都出自於一雙玉手。這雙玉手，大家可以從照片上看到其中一隻。好用這一雙玉手抱我們，用這一雙玉手洗淨我們身上的污垢，用它來擦擦我們的小屁股，……」這豈不也是張媽媽的寫照嗎？

五月二十七日（禮拜三）舉行告別式於社頭自宅，我因有課，請由大妹代表「張教授」，前往致哀。

《臺灣文學評論》

第九卷第四期　二〇〇九年十月十五日

※為了參加天理台灣學會的年會，我與高坂老師及蔡易澄、王靖雯兩同學一行四人，於六月三十日（禮拜二）坐飛機赴日本。七月一日（禮拜三）參觀東京大學，希望他倆將來有勇氣來此留學。七月二日（禮拜四）乘夜行高速巴士南下，七月三日凌晨抵達京都，遊覽清水寺等名勝，夜宿天理大學學生宿舍。

七月四日（禮拜五），參加年會（會長下村作次郎教授）及第十九屆研究大會。今年論文發表者大增，大阪經濟法科大學磯田一雄教授發表〈皇民化期台湾の日本語短詩文芸と戦後の再生——台湾的アイデンティティの表現を中心に〉，由我主持。磯田教授曾於前年應邀來本校國際會議發表論文，此次論文是上一次的續篇，也是他研究日治時代台灣的短歌、俳句之結論，把臺灣人透過日本文藝的形式而喚醒台灣人意識的意圖指點出來，甚得我心，故當場讚美他一番。

另有一場重頭戲，就是本館高坂嘉玲講師發表〈「〈亡妻記〉の表と裏——《吳新榮日記全集》より論ずる〉，主持人由成蹊高校教諭 河原功先生擔任。高坂講師生平首次於學會發表論文，由於事前已做充分準備，故看來台風十足，毫無怯場。只是議題十分新鮮，引來多人發問討論，讓高坂講師有點應接不暇的樣子。

本屆意外發現另有一位本校宗教系的張家麟教授也來發表論文。題為〈台灣民間信仰儀禮的變遷〉，內容相當精采，可惜以中文發表，大半日本人恐難理解。

魏德文兄的特別研究發表及洪惟仁兄的論文發表，都替台灣學者增光不少。會後，照例合照留念。再至街上開慶功宴。蔡、王兩生全程參加，必可刺激研究慾望。

※九月七日（禮拜一），接到立委蔡同榮兄寄來一本沒有封面的《顧臺灣》。隨函說：「這可說是一部小型之自傳，目前仍陸續增修文字，及收集相關圖片當中。……祈請　鈞座雅正！」

我與同榮兄雖屬早年海外同志，但僅在美東台灣同鄉會見過一面，無何私交。今天他已是檯面上的大人物，而我仍居台下昏暗處。承蒙惠贈大作，我就用心閱讀一番。文如其人，不修飾，不誇張，平實記述他半生所做所為，恰到好處，不必刪增任何文字。但我總得回信表示意見，因此，我列舉三項無關本書內容的建議，希望他轉達民進黨黨內同志。

一、請禁用「四大天王」一詞。

二、請勿提黨內XX派系。

三、凡提到「中國」，就說「中國」即可，不要說「中國大陸」。

※七月十三日（禮拜一），成大醫學院簡基憲教授來訪。他說是我任教於士林高中時代的學生；一九九二年黑名單解除，我首次返國於台大校友會演講時，他特地來見我。今日見面，毫無印象；聽他描述，才慢慢想起當年小小個子，留平頭、背個大書包的好學生。他說現在雖然教授解剖學，但志趣在於獸醫教育史，他打算撰寫一部《臺灣獸醫教育史》。只因家父是獸醫出身，所以他特來問我一些日治時期的獸醫教育。適逢本館鄉土文物室剛完成，我便帶他去參觀。這第一位參觀者看我父親遺留的瓶瓶罐罐，竟大呼這全是寶。甚至還找到父親學生時代使用的手術道具。他說改天要專程帶攝影機來拍攝，今天只是來探路而已，不料竟發現了寶庫。

簡教授回去後，過幾天就寄來他與其妻朱碧娥女士共同發表的論文，題曰〈台灣總督府獸醫講習生一記——臺灣醫師教育一百周年〉。文中所刊資料，令我折服。尤其他影印了昭和十四年（一九三九）《台灣畜產會報》第二卷的一頁文獻，當中有總督府公布此年獲得獸醫許可證書名單，第二人記載如下：

「三四四號 台中州能高郡埔里街埔里字茄苳腳五十一番地　張水景」

這一年我正好出生。如今我才知道我出生地的確實地址。由此足証簡老弟工夫之深，更叫我決心協助他完成臺灣史上的第一部《臺灣獸醫教育史》。

※九月十日（拜三）上午，蔡博元主任開車載我及工讀生蔡心萍同往台南市，拜訪賴炳烔老先生，目的是要繼續挖寶。果然一進屋內，滿櫥滿架都是古董。九十八歲的長老教會長老，竟還口齒清晰，精神奕奕，不輸七十歲的我。他已準備好兩件寶物捐贈本館。一為「MADE IN OCCUPIED JAPAN」的青花磁盤。他說這種不稱「台灣」而稱為「日本殖民地製造」的磁器，是專門輸出國外的產品，代表台灣的最高技術，今日已難購得。一為其夫人錦碧女士讀高等女學校時代的絹繡，是為了日本皇太子來臺灣而代表學校展出的作品（日本古詩〈君が代〉，後成為日本國歌）。前者當屬故宮蒐藏的寶物，後者當屬傳家之寶。

我除了珍惜他所慷慨捐贈的四件寶物（上回兩件）之外，對他本人，我更有興趣。原來他是巴克禮傳教師最後一位存活的直傳弟子。有關他的生平事蹟已有人記錄整理，據悉近日將出版，所以我就打消做口述歷史的念頭。但聽到他說他把所有藏書及日記都捐給某教會研究機構之後，並沒有好好珍惜，使他有點後悔。我一聽說他半生的日記已流落在外，對我而言，這比古董寶物更重要。我唆使他設法取回，捐贈本館，我可設法整理或出版。他答應改天去索回。最後他題字「榮神益人」互勉。中午，一起吃蔡主任帶來的阿蘭碗粿。他的食量跟我們一樣，看來可活到一百二十歲吧。

臨別，他從抽屜裡取出一把全新的鈔票，每人分三張，一張是美金貳元，一張是「美國鈔票公司」印刷的中華民國中央銀行「壹圓」券，一張是「英國華德路公司」製作的中華民國三十六年中央銀行「貳拾伍萬圓」券。後兩種就是戰後初期在台灣使用的鈔票。由此兩張鈔票，即可推算「台灣光復」後，兩年之內物價上漲之驚人。

返校後，我立刻將他送我的三張鈔票裝入鏡框，一起陳列於他捐贈的四件寶物的玻璃櫥內。蔡主任及蔡同學各得同樣的三張，真是天上掉下來的恩典。

《臺灣文學評論》

第十卷第一期　二〇一〇年一月十五日

※十月十七日（禮拜六）北上，約曾羽薇同訪張妙英女士。只因今年二月二十三日及四月六日兩次遭竊名畫，令我擔心獨居老姐的安危。直到今日才有時間前往探看究竟。原來老屋只有二層樓，屋後窗戶老舊，竊賊易進。如今她已叫工人來安裝鐵窗，大概可安心睡覺。我囑羽薇每週來訪一次，一邊打雜一邊做人物專訪，彼此都有好處。

談起失竊的名畫，令她痛心不已。她說這些畫作是前年捐贈本館之後，僅留的文物，打算日後繼續捐給本館。暫時留在身邊，給兒孫們回來時觀賞的。她說兩次皆有報警，但希望極微。茲將失竊前留下的照片公諸於世，若有人發現，請發正義之聲。（圖略）

除以上七寶之外，另有書籍數冊遭竊。要之，此賊必知張李德和女士之遺物秘藏於女兒張妙英家；而探知弱婦獨居，容易下手，故大膽連續兩次入侵。

我愛台灣，但每次看到台灣到處殺人搶劫，就令我生恨；尤其看到魔爪已伸入窮藝術家的私宅，更叫人咬牙切齒！

下午，辭別妙英姊，羽薇返北師大，我即往中壢。

在中壢火車站前的一條鬧街，按地址找到一家商店門號，杜潘芳格女士已在亭仔腳等我。引我進後屋，門一關，外面的街聲完全隔絕，頓入別天地。這裡以前是她愛夫杜慶壽醫師的診所，現在把店面租給別人賣衣服，而客廳與二樓就是她與長子共同生活的空間。聽說其長子是個博愛家，把父母親辛苦累積下來的家產，無條件地分批割捨給別人。

客廳擺設有如小型文物館。當中有一幅畫她的鉛筆畫像，是前年（二〇〇八年）十一月她來麻豆接受第十二屆台灣文學家牛津獎時，學生彭姿穎呈贈給她的。學生不成熟的作品，竟然受大詩人喜愛而陳列於客廳，實令我意外。

我把帶來的大宣紙攤開，毛筆、墨水皆準備好，請女詩人揮毫，以便佈置於資料館內，是我此行的目的。突如其來的請求，令芳格女士躊躇良久。經我半調侃半哀求，終於提筆寫了一首她的日文詩〈聲〉，另外也寫了一小張「刹那 永生 祝福你」賜我。目的既達，時已入夜，趕緊拜別。慈母怕我餓肚子，硬塞幾張鈔票在我衣袋裡。

乘火車到苗栗，宿於驛前旅社。

※十月二十八日（禮拜三），台文系邀請簡上仁兄來演講，我命修我「台灣文學史」課的全體學生務必出席，因為他的一堂課勝過我上一學期。果然台灣歌謠的演變，經過

他的解說又演唱，學生無不動容。愈演愈熱，最後大家都禁不住高聲合唱起來。真希望校方能延攬這種大師來振作精神。

課後，簡兄來資料館小坐，承他還記得二十年前相遇於美國，今天第二次相見，都覺彼此臉上多了不少皺紋。我趁機請他題字，一手清秀的毛筆字寫道：「用歌唱出台灣音樂文化的再生和希望。」他並答應為本刊撰稿。希望他不要忘記諾言。

《臺灣文學評論》

第十卷第二期　二〇一〇年四月十五日

※一月八日（禮拜五），輔仁大學日文系助理教授横路啟子女史來訪。去夏於天理台灣學會看她發表〈日本統治期の台湾郷土文学論争を中心に〉，始知台灣國內有日人台灣文學研究家。在天理大學會場初識之後，今日始得有機會詳談。原來她來台留學、教書，迄今已十多年，難怪她對台灣文壇瞭如指掌。參觀本館之後，寫了一句「台湾文学研究の偉大な先輩」相贈，實受之有愧。

【附記：日後她寄來大作《文學的流離與回歸——三〇年代鄉土文學論戰》（聯合文學出版社）。原來各大學、研究所的主任、所長都為她寫推薦文，只有我坐在井底。她的三〇年代研究正是我最弱的一環，日後當好好拜讀。】

※一月九日（禮拜六）一大早，甫自國立台灣文學館退任的鄭邦鎮兄，帶了張富美、張炎憲來訪。他們都是前朝重臣，現在無官一身輕。相見甚歡，恨時光飛逝，匆匆導覽本館展示室後，即同車赴台南，參加鍾逸人的新書發表會。

※革命家鍾逸人大人早前已出版《辛酸六十年》——上冊《狂風暴雨》，下冊《煉獄風雲錄》，如今又續篇《火的刻痕》，成為三部曲。來賓致辭有高俊明

牧師、陳錦連、張炎憲、鄭邦鎮、彭瑞金等大人物，最後輪到我。我說：黑卒吃過河，革命家不搞革命，跑到文學界來搶飯碗，創下了台灣文學史上「大河傳記文學」之先河，徒令《四十五自述》黯然失色！

會上，有人鼓勵他續寫第四部自傳。看來他又蠢蠢欲動了。

※一月十日（禮拜日），與高坂、雅淑至漚汪香雨書院鹽分地帶文化館參觀「吳新榮詩展．李柏元畫展」。因該邀請卡上印有一張「一九三五年六月一日臺灣文藝聯盟佳里支部發會式」的舊照片。早在五年前著手編譯《吳新榮日記全集》時，哲嗣吳南圖兄就在找尋此張失落的相片。不料出現於邀請卡上，故此行目的在追尋此一相片。

主人林金悔兄獨自看館，我們抵達時已近中午。金悔兄叫我們到廚房，自己煮水餃吃。他說大冰箱裡的東西隨便我們吃。正好也有一位先客在煮麵。如此待客方式，真耽心此館會破產。飯後，他特開個人書房兼臥房給我們參觀。從其擺設，知道他是個孝子。詩畫展作品看過之後，我單刀直入問起邀請卡上的舊照片。他說他不記得從哪本書上轉錄的，令我大失所望。問起照片中的人物，他也無法一一辨認。我建議把此照放大，並指認全體人物，鑲於壁上，可做為鎮館之寶。

※劉峰松出版了《媒合也可以找到真愛》（玉山社出版公司），我笑他退休後不務正業，竟幹起「牽豬哥」的行業。他一不做二不休，竟於一月二十二日（禮拜五）在員林賽凡提斯咖啡室舉辦了史無前例的「牽豬哥行業學術研討會」。我帶了六位女生前往助陣。

咖啡室二樓擠滿三十多位聽眾。牆角下更排滿了牽豬哥之道具與相關文獻，可見劉公之用心。首先由劉公致辭此次研討會之意義，次由我講解文學中的牽豬哥。我影印了鍾鐵民的短篇小說〈約克夏的黃昏〉（一九八二年四月十五日發表於《文學界》第二期），說明小說透過一隻豬哥看台灣社會的變化。此篇為台灣唯一涉及豬哥的經典之作。接著由陳明哲、陳慶芳、溫文卿、張敦智等各專家就獸醫學、民俗學、養豬學立場來研討「豬哥學」。中午，主家特別煮了一鍋小公豬睪丸的民間補品給大家品嚐。

下午帶女生們去遊員林公園、百果山，回到咖啡室，正好有一對由劉公媒合的新人來拍照，應証劉公牽豬哥有成，羨煞女生們。

劉公不但造福人間，也在台灣學術史上寫下新頁。

※一月二十四日（禮拜日），應台南市保育人員職業工會理事長陳亮吟女士之邀，赴仁德鄉「台灣大廚」參加該會第二屆第一次會員大會。因該會創始人王淑英博士之關係，我們已交手過幾次。這次要我講「兒童文學」，我就介紹了一些臺灣兒童的謎語、歌謠、《臺灣三字經》及鍾理和文學。大家反應熱烈，令我欲罷不能。

演講完畢，陳會長除了送我一大紅包之外，還送我一個「公仔」。不知去哪裡找來的「公仔」，的確有三分像我。感謝陳會長夫婦的用心。

午餐時，同桌有一位貴賓郭聰貴教授（現任敏惠醫專學務主任），突然遞給我一份名單。原來那是一九九二年海外黑名單解除之後，我首次返國，至母校成大演講後，一群朋友邀我至某醫生家夜談。只記得那時大家對我特別關懷，也是戒嚴令時期暗中串聯海外的有心之士。如今重獲名單，讓我再次感謝他們的道義相挺。為了感恩，容我把名單抄列於下（依簽名順序及自寫所屬單位）：

呂興昌（清大文學研究所）、吳金水（台南師院初教系）、劉德明（中山大學財管系所）、龔顯宗（中山大學中文系）、郭晉忠（台南師院）、曾燦燈（台南師院）、郭聰貴（台南師院）、吳南圖（佳里新生醫院）、吳陳玉華（同）、王憲治（台南神學院）、張良澤、李輝煌（成大工科系）、趙健明（成大工科系）、李漢偉（南師語教系）、林繼雄（成大教授）、林理智、葉宜津（南師音樂系）、趙哲宏、黃世祝（南師院社教系副教授）、鄭榮祿（高雄工學院）、王麗華（靜宜中文系）、李明淑（南師數理系）、郭榮敏（台南神學院）、趙珠蘭（岡山國小）、林心智（台南神學院）。共計二十五名（實為二十四名）。

十八年來，我都未曾向他們說聲多謝，願今後能再續緣。

※二月二十五日（禮拜四），有一位女陶土家抬了一大塊生陶土來我辦公室，說是鍾鐵民老師叫她來採我的手印。原來鍾家旁邊的磨刀河要新造一座橋紀念鍾平妹，鐵民想順便留下幾個好友的手印及題字。我想了好久，趁陶土未乾之際，用竹籤寫下一句：「過了這座橋就有心所愛的人。」生平首次的手印留在心靈故鄉的橋邊，期待小橋落成日，能第一個走過去看我「心所愛的人」。

《臺灣文學評論》

第十卷第三期　二〇一〇年七月十五日

※「南美會」（理事長 潘元石）假國立台灣文學館展出「國境之南——從荒漠到風華：南美會資深藝術家聯展」。本來我與美術界是不相干的，但總幹事曾瀞怡小姐特地於五月二日（禮拜日）安排一場「藝術VS.文學對談講座」，由潘元石兄與我對談。由潘青林小姐引言。對談中，潘兄透露一段秘辛：西川滿生前，潘兄常去日本訪他。他提議潘兄見我一面，但潘兄聯絡台灣方面（按：我猜因工作關係，他必須請示奇美高層吧），回音是不可，因張某人是黑名單人物，恐惹麻煩。潘兄說事過境遷，迨黑名單解除之後始能見面。似有相見恨晚之意。

當年我出入西川家時，隱隱約約嗅到似有臺灣友人常來提供資料，以解西川滿的「鄉愁」。原來這位神秘客就是潘兄！

潘兄所藏的珍寶不計其數，所交的文士皆有來頭，所知的事情皆活知識。奉勸青林妹少寫學術論文，只要寫下一本《潘元石傳》，就可留傳千古。

※今年二月，麻豆文化館鍾秀琴女士來電，問我要不要在麻豆老人會館教日語。對象是「酪梨」老人。

我這輩子從小學教起，中經初中生、高中生、專科生，到大學生、研究生，我都教過。唯獨幼稚園與老人還沒教過。去年自真理大學退休後，心想開個小型幼稚園來「含飴弄孫」，不料鍾女士突然邀我「與老人為伍」。何不一試？

※三月十六日（禮拜二）上午九點半開課。我騎機車在麻豆消防局、文化館、郵局一帶繞了幾圈。原來老人會館就在文化館後面，門面不起眼，只見門口懸掛著一條紅布條，上面寫著：「樂齡學習資源中心」。原來不是麻豆特產的「酪梨」農民，而是快樂年齡的「樂齡」老人。可是「資源」二字，即刻令我聯想到「資源回收」。

走進教室，鍾秀琴大叫「張教授來了！」引起一陣熱烈鼓掌聲。趁鍾女士吹噓我的「豐功偉業」之際，我觀察了一下這些有待「回收」的「資源」。有打扮入時的奧婆桑，有拿拐杖的奧吉桑。但個個面帶笑容，目光炯炯。

不用教科書，不必筆記。從日常簡單會話開始，反覆練習。有時叫大家站起來，邊做早操，邊喊口令。每堂課，必唱一首日文歌，大家興致勃勃。原來他們都愛唱卡拉OK，只是不懂詞意而已。

偶而談到日本經驗，順便介紹日本文化，引起大家的共鳴。當中有人比我資深，讀到日治時代小學五、六年級，其發音比我還道地，甚至有人矯正我的日語漢譯。

好像大家都忘了年齡，與我同享童年之樂。

有一位郭夫人看到舊白板很難使用，便自掏腰包，叫業者送來一面新白板；還每天必備熱茶來敬我。教日本舞踊的柳老師，是我南師的學妹，親手做點心來送我。婦女合唱團陳玉翠老師歌聲最美，帶動大家振作精神。

上課死氣沉沉、不發問、吃早點、愛翹課的現今大學生，已讓我生厭。沒想到我竟在退休後而得到補償。每次走進會館，就聽到熱情的招呼聲，而且人數一次比一次多；下完課，大家就自動把桌椅搬回牆邊。送我到門口，期待下週再見。

十次的上課時間，才覺剛開始，就結束了。五月二十四日（禮拜一）教育部官員來評鑑，大家準備好的日本歌或日語自我介紹都沒機會發揮，官員們就滿意地離去。學員們叮嚀我下學期一定再來教他們。我依依揮手而別。

《臺灣文學評論》

第十卷第四期　二〇一〇年十月十五日

※二〇一〇年六月十四日（禮拜日），收到沖繩縣八重山每日新聞記者松田良孝先生大作《台湾疎開——「琉球難民」の一年十一カ月》（南山舍，二〇一〇）一書。作者費數年時間，來台無數次，徹底調查太平洋戰爭末期（一九四四年）從琉球群島疏開「難民」一萬人到台灣各地的實際情形。前年，詹評仁兄曾案內他訪麻豆；去年我曾案內他訪佳里，皆詳記於書中。此書不僅記錄日本戰爭的背後史，也是台・琉交流的一段秘史。挖掘前所未有的史料，無怪榮獲日本新聞勞連第十四回「新聞採訪大賞」。

※六月二十七日（禮拜日）北上，趕到國立中央圖書館台灣分館已中午，匆匆看了中研院台史所展出的「台灣日記特展」。中有霧峰林家日記，因家母阿姑陳氏嫁給林家，因此陳氏有意將家母陳錦雲許配給林鶴年，然與阿姑生活了一年多，看到林鶴年的生活太浪漫，便離去回彰化。其後嫁給張水景，變成我的父親。此事屢次聽家母提起，然不知林紀堂兄弟日記中有無記載？

黃雯玲館長特地上班來請我吃午餐。我提議明年可否舉辦一次「西川滿大展」，如同上次的「張李德和展」，必可引起文壇注目。黃館長表示頗有意義，可列入考慮。

今天北上，另有一大目的，即參加劉趙秀瓊女士（八十五歲）的告別式。黃館長家住仁愛路附近，就順便帶我到東門基督教長老教會。

聖堂上掛著秀瓊女士的彩色遺照，與一九六一年我初識她時沒兩樣。那年我考入成大中文系，為節省住宿費，找到環境優雅的劉家。每夜照顧孩子們自習功課。日後，劉欽文寄來一疊舊照片，當中有一張就是那年我認家教時的闔家照。老大劉欽明讀初三，老二劉淑吟讀初二，老三劉麗華讀小三，老么劉欽文讀小一。如今都已經當老爸、老媽了。

其中有一張房東劉營義先生年輕時攝於南京的戎裝。當年只聽他說曾被日軍徵調去南京當翻譯官，我也不敢多問。如今看到戎裝，看來軍階不低，可惜已於去年去世，無法捕捉歷史。秀瓊女士年輕時任職於旗尾糖廠，也是日治時代少有的職業婦女。欽明老弟說她晚年自美返台居住，以為我還在日本，所以沒有聯絡。只怪欽明忙做工廠大老闆，忘了叫我去陪他老媽暢談往事，造成彼此的憾事。

瞻仰遺容，想起大學四年間得到她的諸多照顧，心中悵然。

※每年在日本天理大學舉辦的天理台灣學會年會，今年為慶祝成立二十週年，決定來台舉辦第二十屆國際學術紀念大會。經會長下村作次郎兄奔走之下，終於九月十日（禮拜五）下午二時於台大圖書館國際會議廳開幕。先由台大圖書館長陳雪華教授致歡迎辭。甚年輕，未謀面。會後特來與我認識，說有機會要來本館參觀，我說隨時歡迎指教。

紀念演講有鄧相揚兄的「臺灣岸裡文書」及下村作次郎的「台灣原住民文學」。兩人功力之深，自不在話下。

會後晚宴之前，尚有一段時間，我特地帶高尾美穗小姐往訪台大附近的南天書局。高尾小姐自去年找我幫忙尋找她的外曾祖父要千枝太郎及外祖父要正夫在台灣的資料之後（本刊第九卷第三期），她鍥而不捨，終於找到「三豐堂」藥局的地址與照片。此次乘學會在台召開，便首次來台踏尋。我想魏德文兄是地理專家，遂訪之。魏兄翻閱台北古地圖，果然於西門町轉角處有「三豐堂」。至於其他相關資料魏兄答應日後留意之。魏兄超忙，但仍請我與學生蔡易澄、李雅淑進書房喝茶，我順便偷窺了書櫥內的珍藏，果然名不虛傳。

晚宴於台大鹿鳴堂開宴，新朋舊友齊聚一堂，其樂融融。我舉杯遙祝不能與會的本學會創始人塚本照和教授身體早日康復。

※九月二十八日（禮拜二），《自由時報》刊載一則消息，題曰：「台文館贈狀中國人士，自刪國立兩字」。此「台文館」（國立）非本校之「台文館」（私立），刪除「國立」二字，與本校無關。只是那張「感謝狀」內文時不敢恭維，尤其把己方（台灣文學館）置於抬頭處，更不敢領教。區區小事，可看出辦事態度。

《臺灣文學評論》

第十一卷第一期　二〇一一年一月十五日

※自《烏腳病之父：王金河醫師回憶錄》（財團法人王金河文化藝術基金會）出版後，已連續再版多次。因書中我也插了一小腳，所以想請他題字留念。

二〇一〇年九月十五日（禮拜三）聽說老先生正好在北門家中，我即刻備好紙筆，騎機車趕至北門嶼。老先生每次看到我，就大張兩臂，熱情地把我抱在懷裡，好像當我是小孩。也難怪，在九十五歲的老少年眼中，七十歲的我永遠是個小孩子。他一看到我攤開一大張宣紙，取出毛筆沾墨水的時候，就大為緊張（他以為我只要用簽字筆）。他說半世紀以上未拿過毛筆。我說醜字最可愛。說罷硬要他提筆。花了很長時間，終於寫出「博愛」二字。這是他一生的寫照。我說這橫幅將懸掛於本館展示室的講堂正上方。他羞澀地說等他練好字以後，再來重寫一次。我唯諾而別。

※十一月四日（禮拜四），前日來訪的鄭玉鳳（Teng Giok-Hong）女士寄來一本書，乍看以為是鄭南榕的書，再看才知是《林長昇紀念文集一九七一——二〇〇九》。這幾年來，我一直埋在字紙堆裡，較少參與政治活動，不知道有這位可敬可愛的年輕人從學運到工運，燃燒生命，竟於二〇〇九年七月十九日因病而折壽，在世三十八年。朋友們為他出了這本生前的詩文集（「台灣組合」出版。聯絡處：淡水郵政一百二十九號信

箱。Taioan.chouhap@gmail.com）。

文集中有一篇短文，題為〈我的焦慮〉，寫到：「詹益樺自焚時三十二歲，呂赫若被毒蛇咬死時也是三十二歲，格瓦拉被美國CIA殺害時是三十八歲，金恩博士死去時是三十九歲，蔣渭水先生逝世時四十一歲。」「今年的我是三十七歲，到現在也能誇口從未背叛台灣人民，……如果上帝讓我在現在就掛了，不知道有多好，因為這是我最深的焦慮呀！」果然上帝在翌年就讓他掛了。

我知道他的焦慮是眼看台灣的獨立建國愈來愈艱難，致使他的憤世嫉俗造成病毒攻心。我為「工人建國」的理想損失良材而悲，也為他留下這本手記而喜。

※十二月二十四日（禮拜五），許獻平兄為了犒賞《七股鄉志》撰稿同仁的辛勞，特於麻豆日本料理店舉行慶功宴。我與高坂主任應邀作陪。大家卸下重責，吃得輕鬆愉快。飯間，黃文博校長一再提醒賞候鳥季將過，但我興致缺缺（許獻平、王素滿也常談鳥事）。因為幾次去看黑面琵鷺，都是兩三隻而已，頗為失望。但黃校長說明天我帶你去看，我遂不敢辜負好意。

※翌日（二十五日，禮拜六），依約於下午三時前往黃公館。獻平兄、素滿姐都拿了長鏡頭相機，全副武裝而來。黃校長夫婦帶路（對他們來說是老路），從布袋開始沿著海邊，果然在廢棄的鹽田、潟地、河灘各處皆有不同的鳥類在覓食。有小如麻雀的媽媽，也有大如恐龍的孩子，黃校長一一解說其學名叫什麼，俗名叫什麼，我聽過就忘了。

五點準時返抵黃家，從門前馬路直向西走，盡頭就是海堤。原來這裡就是北門井仔腳「黑腹燕鷗」的觀賞處。坐在堤岸，靜觀夕陽西沉。不久有人細聲道：「來了來了！」只見上空一片烏雲在移動，細看始知見鳥群。黃校長說牠們一共有五隊，來自不同的方向，要等大家都到齊了才會降下棲息。

果然北方又來一片烏雲，不一會兒，東方也來一片烏雲，南方又來一片……。各隊一邊變化隊形一邊匯聚起來，烏雲愈來愈大片，像飛龍，不，像幾何圖形，瞬息變化。愈來愈低，來到頭頂上空，才看到鳥的形狀。正想其數目不知有幾萬隻或幾十萬隻，說時遲那時快，突像戰鬥機群，咻!咻！一齊垂直往下衝。以為會掉到海面，卻在離海面五吋的高度橫掃過去，又掃過來，好像跳舞給堤岸上的貴賓們看。不，好像在閱兵，也好像在示威。

鳥兒們卻不出聲，專心一意在海面鋪黑色布幕，鋪過來又捲回去，拉過去又拉回來，直到夜已暮，才不見蹤影。

以前只在銀幕上看到的非洲奇觀，竟然在台灣也有，而且離家只有半小時車程。以後我要常來觀賞，也要帶親朋好友來一飽眼福；可是黃校長說今年的候鳥季節已近尾聲，真後悔沒早幾年聽他們的話。

※蔡明殿、王淑英夫婦旅美數十年，將其種花所得蒐購海內外台灣文獻，在自己農場設置書庫，供旅美同鄉及來美避難的民主鬥士充分利用。而今夫婦已返台定居，遂將書庫全部捐贈本館。數十箱珍書，還自行負擔昂貴的運費，於兩個月前就運到本館，上架、造冊已大致完成。十二月三十日（禮拜二）夫妻來視察，覺得很放心。等春暖時節，擬請校長頒贈感謝狀，並舉行簡單的「蔡明殿、王淑英文庫」的開幕儀式。

《臺灣文學評論》

第十一卷第二期　二〇一一年七月十五日

※一月十六日（禮拜日），家裡信箱投了一封沒有郵票的信件，啟開一讀，原來是黃昭陽兄來訪未遇。信中略云：

「良澤兄，大安：

我們有很多共同話題，希能見面。

我是黃昭陽，手邊還有您題字惠贈《四十五自述》。那應該是一九八七（？）年『北美台灣文學研究會』成立大會上。

一個月前退休搬進大地莊園，與您為鄰。

我一九四〇年生於滿洲國奉天，父母親台南將軍人。回台後住台南市開元寺邊的成大宿舍。經歷公園國小、南一中、台大物理系，隨潮流赴美。一九六六年到密芝根大學AnnArbur攻博士，後滯留異鄉二十六年。除為美國人做機密級的軍工研究外，參與同鄉會、編寫鄉訊、保釣，並參與台灣島內反對活動、文化活動等等。（下略）」

回想當年（一九八七？）參加美國台灣文學研究第二次年會（非成立大會），有人介紹他是舉世研究半導體的第一人，有可能拿諾貝爾物理獎。難得他也關心台灣文學，所以送了一本拙作給他。沒想到他還記得我，而且搬來附近定居，今後有伴了。

（按：其後，黃兄數次出門散步，順道來館聊天，愈來愈覺得此公非同小可，有講不完的故事。但不忍獨享，遂請他提筆寫下來，發表於本刊，豈不有福同享？他爽快答應五月交第一次稿件。光看他隨手題了一句「流浪一生，回到故鄉，真好！」就知道他將精華盡出，一瀉千里。請讀友拭目以待。）

※久未聯繫的楠西賴佳宏兄突然來電邀我於一月三十日（禮拜日）去賞梅。我帶領館內人員同往。他的工作坊與八年前阿嬌第一次帶我來時沒有兩樣，那座陳達的塑像依然在彈月琴，只是賴兄的鬍子變白了。另有水墨畫家王國和夫婦及書畫家楊智雄夫婦亦來會。

齊聚賴府後，車隊開往山中。山中有一漢詩人郭崇城先生躬耕於「耕舍」。此日亦邀吳登神大師及女詩人蔡秀雲同聚。

客人隨興步山徑，梅花點點綴谷壑。或畫梅，或尋思。近午，各自返「耕舍」，主人先賦一詩〈歡迎諸名家光臨〉曰：

山園有幸福星臨，耕舍生輝慰素心；
一嶺梅花迎雅客，遨遊淑景喜聯吟。

吳登神大師唱和曰：

梅雨耕舍歲終來，擊鉢敲詩樂舉杯；
五辦飄香真雅潔，一天作客好徘徊。
虎年將去詩聲響，兔歲將臨笑語開；
良澤有心文運勝，大名鼎鼎冠全台。

（按：末句誇大千百倍，令我白髮三千丈。）

楊智雄兄是台南故楊乃胡先生長子，其姐弟在海外與我甚熟。當年我常拜訪乃胡先生時，智雄才讀高中，如今已成書壇巨擘。感謝他書錄乃父〈嶺梅詩〉相贈。王國和兄雖初識，但為人豪爽，亦送我一幅峻拔之字（感謝潘銘崇兄日後特地送來此二幅字及一冊精美的《王國和的水墨世界》）。

山雞煮梅子，久聞其名，今日始得品嚐。感謝郭夫人及其女兒從昨天就準備了豐盛大餐。酒酣之餘，我問主人對面山頭叫「梅嶺」，而此山叫何名？主人說此山無名，但屬「鳳和里」轄區。我遂靈機一動，提議此山為「鳳嶺」，與「梅嶺」相對，豈不成為南市景點？眾人附議。遂請眾人簽署，合照為證，此日是為「鳳嶺命名日」。

《臺灣文學評論》

第十一卷第三期　二〇一一年七月十五日

※日本三一一大地震，最先想到的是住在日本三大景之一的松島的塩澤襄先生一家人。因電訊不通，只靜觀其變。可是曾經拜訪過他的鍾舜文妹卻按耐不住，催問我。於是試著寫了一封信。不料三月二十八日，得塩澤先生傳真回信，略曰：他的船和車子都被海嘯沖走了，但因松島海域小島如星，形成了防潮堤，故家屋及家人安然無恙。我鬆了一口氣；但想到我的孫子們住在鄰縣，會不會被輻射汙染？真是煩惱。

※五月八日（禮拜日），八田與一紀念園區啟用典禮及「八田路」命名典禮。台日友好交流協會總幹事張淑娥叫我去當接待員。一早到會場，始知交通部觀光局主辦的活動，日本客人一車又一車到來，從中央官員到地方官員，都由相應單位早做安排，所以我落得輕鬆無事。等到馬總統上台演講，說到他不但不反日，而且很親日，尤其對八田與一技師感銘五內，指示交通部如期完成此一園區云。如果不想他過去的言行，而光聽今天的演講，我可能會投他一票。可是想到他平日的嘴臉，我就忿忿離開會場，返校做我該做的工作了。

※記得四十年前著手編吳新榮的《南瀛採訪錄》時，文中常提到王得祿事蹟，並記載挖掘古墳的興奮與考古的心得等等。我從未有如此經驗，只能享受前人整理出來的成果。六月四日（禮拜六），詹評仁老兄一聲令下，叫我搭乘攝影家莊昭盛郵務員的便車，與曾順忠導覽師、李玲容老師一行五人，來到太保市的王氏家廟，讓我感受到先人開台三百年的滄桑史。接著開車到六腳鄉雙涵村的國家一級古蹟——王得祿墓園，始知台灣也有如此帝王氣派的造墓，也連想到當年吳新榮等文獻學家們在荒草林野中考證的辛勞。感謝詹老給我開眼的機會。

※六月十八日（禮拜六），和李雅淑坐統聯北上，參加《咱的土地　咱的詩——台灣地誌詩集》（張玠主編、戴華萱總統籌）新書發表會。原先排定李魁賢兄貴賓致詞，可是聽説他看到出版者是「財團法人新台灣人文教基金會」便婉拒了，戴華萱主任便臨時叫我充當「貴賓」。所以本校是吳銘達校長致詞後，便輪到我上台。因為最近大家都關心「蔣黃事件」，而且今天的新書又是「台語詩集」，所以我就報告最近在台南發生的台語之爭。順便也再教唱一次那首〈故鄉〉，尤其是校長唱得最大聲（他到閉幕才離席，實在感心）。

接著周定邦、柯柏榮、趙天福等人的唱吟會，皆甚精彩，可惜年輕學生出席太少了。

《臺灣文學評論》

第十一卷第四期　二〇一一年十月十五日

※七月二日（禮拜六），在天理臺灣學會（理事長下村作次郎）發表〈梅村香堂先生の『台湾清遊画帖』について〉（共同發表人高尾美穗）。這本畫帖是二十多年前我在神田古書店找到的。原畫二十四張貼成一帖，為京都畫派梅村香堂（本名梅村榮三郎）於大正十二年（一九二三年）來台旅遊之水墨画。因每張畫都有題詞，而題詞及跋文的草書尚有幾個字無法解讀，故一直不敢發表。直到去年認識京都學者高尾小姐，才得以解決。因此請她發表香堂畫伯的生平事蹟，而我發表此畫帖之意義。獲得評論人森美根子女士及聽眾的好評。因想此帖之發表，可能增益臺灣美術史，故全文刊載於後。

※七月二十二日（禮拜五），張德本老弟又出版新著《累世之靶》。從原住民時代到「慫彼黨硬欲簽ECFA」的年代。千萬年的臺灣歷史，用台語濃縮成兩千五百行的長詩。一氣呵成，波瀾壯闊。足見作者醞釀之久、思想之深。加上顏雪花小姐的英譯，頗為珍貴。應邀到高雄某一豪華大樓舉辦的新書發表會，會場冠蓋雲集，令我吃驚。德本一再宣稱當年若沒有成大講師張良澤，就沒有今天的張德本。我倒覺得今日我寧可自認是他的學生，好好從他的詩作中吸取養分。

※八月十日（禮拜三），接到蘇振明教授贈書《衝突與挑戰——史明生命故事》（二〇二一年七月三十日草根文化出版社），一看封面，就情不自禁地撫摸它。不僅是老人的神情，而且其色調及版面設計，都是國內罕見的「美書」。

翻開內容，文字敍述簡要；圖片甚多，有的是史明提供的，有的是蘇振明收藏的，有的是蘇振明自己畫的，琳瑯滿目。不僅記錄了史明先生的一生，也映照了臺灣現代史的重要環節。

有趣的是看到蘇振明教授的史明先生畫像，一時覺得很面熟。他的粗獷筆法與黑色線條最能表現人物的內心世界。突然想起當年黑名單解除後，第一次（或第二次）返台時，有人帶我去見台北的一位年輕畫家。滿屋雜亂。雖初見面但甚熱情，為我畫了一張畫像。我一直保存於書房，但日子久了，便忘了畫家大名。今天拿來一對照，果然是同一人，甚喜。重新認識老友人，謹記心頭。

※八月二十二日（禮拜一）下午二時三十五分，鐵民老弟逝世，享年七十歲。二十五日（禮拜四）一大早由美編方志信兄開車載我往美濃參加出殯。同時也把趕印出來的《鍾鐵民致張良澤書簡全集》帶了兩百五十本過去。

拍拍穿了新皮鞋的腳，說一聲「老鍾，好走了」之外，我又能說什麼呢？目送家人、親友從屋後的小山坡隨著靈柩而去，我偷偷抽了一支菸。

※忙了將近一年的《圖錄・西川滿年譜以及手稿・藏書票・文物・書簡拾遺集・紀念文集》及《西川滿先生致張良澤全書簡、致中島利郎書簡》二書，終於八月底印製完成（各限定五百部）。這是西川滿一生的總結，也是我人生的一個里程碑。感謝紀念文集中賜稿的諸好友，更感謝一起工作的好伙伴。

※飲水思源。這回舉辦舉世首次《西川滿大展》，該歸功於真理大學前校長葉能哲博士。當年全國公私立大學中，唯有葉校長積極去教育部爭取設立臺灣文學系，並前往日本會晤西川滿先生，簽署成立「西川滿紀念文庫」，成為本校「臺灣文學資料館」的第一批寶藏。這一路走來，沒有人感謝他，反而把他打入冷宮。九月一日夜七時，我帶領同仁來到三芝偏遠的荒境，好心的張姓里長幫我們摸黑找路（我曾經來過一次，但已不記得哪條小徑），才看到校長已在門口等了好久的樣子。

家人正好外出，校長親自沖咖啡，還把他兒子從美國寄來的特製巧克力拿出來招待我們。

我獻上《西川滿年譜》乙書，並說明此次大展的意義。他又暢談大學教育的理念。聽者莫不心動。

《臺灣文學評論》

第十二卷第一期　二〇一二年一月十五日

※二〇一一年十月十七日（禮拜一），接到林智美博士來自美國的電話，悲聲中告知其令堂楊千鶴女史於昨日仙逝。驚訝之餘，答應聯絡臺灣文友寫些追念文字。

※十一月一日（禮拜二），收到吳豐山兄寄來追念楊女史之文稿，內附短簡曰：「久未見面，如有北來，盼能賜電一晤。當年鄉土文學論戰，弟立場清楚，可能由於警總幹了什麼狡計，讓您誤會，這是無奈之事。不辯白，是弟之個性，時間久了，事情還是會自動還原真相吧。」

想起七〇年代，我在成大任教時，偶而寫些短評，竟被《自立晚報》主編吳豐山先生看上，邀我寫專欄，是我生平第一次的光榮。〈鳳凰樹〉專欄每週一次，大約一年後，我就赴日而告終。這期間，甚佩服吳主編的刀筆，偶而更動我一兩字，就會絕處逢生。以後鮮少過往，只知他現任監察委員。今拜接手札，喜出望外，但誤會云云，我毫無記憶。一來我從未加入鄉土文學論戰，而吳主編的立場甚明，我從未懷疑過他對「鄉土文學」的支持。要之，事過境遷，但此心永不渝。

※十一月六日（禮拜日），日本產業能率大學教授佐藤百合子女史來訪。本館方冠茹小姐於學生時代，曾赴日本 Home-Stay，體驗日本生活，被安排至佐藤家住了兩天，從此結了師生緣。此次趁她的日本學生在台結婚，特地趕來赴宴，順道來看方小姐的工作環境。參觀之餘，寫下了她的感言：「來到台南真理大學，感受溫暖如家的接待。日本與臺灣今後應像兄弟般團結才好。」

※十二月三日（禮拜日），台南市台日友好交流協會召開第一屆第四次會員大會於新營久鶴日本料理店。我代理賴清德理事長主持。會中，通過促請市長進行「日語大學」建校案。因於年初賴市長接任理事長時，宣布要在本市設立「日語大學」，培植專才，事經報紙大肆宣染，可是迄今毫無動靜，恐會引起外界指責。

賴理事長忙於總統及立委選舉，至午時始來參加餐會，吃兩口又匆匆離去。張淑娥總幹事也呈交了大會決議文。會員來者約百人，唱歌歡談至下午三時散會。

265

素朴の心

《臺灣文學評論》

第十二卷第二期　二〇一二年四月十五日

※不知誰放風聲，說本校麻豆校區將關閉，令台南市長賴清德頗為驚訝，特派麻豆區長張益隆探訪各界人士意見。二月二十日（禮拜一）區長率李俊賢兄來會，適黃昭陽博士夫婦在場，一起開了小型座談會。以黃博士在國際科學界的地位，表示願意全力協助本校區的轉型，使區長甚為欣慰。張區長只憂心代表麻豆文化重鎮的本館是否會北遷或關閉。我則表示一切聽從校長的指令。在未接到指令之前，我仍每天來館（不分假日）做義工。

※二月二十六日（禮拜日），現代文化基金會、台灣獨立建國聯盟、吳三連台灣史料基金會聯合舉辦《黃昭堂追思文集》《建國舵手黃昭堂》新書發表會。算算昭堂兄往生轉眼已四個月了。這中間，我都未參與他的任何儀式，所以不覺他已離開人間，有時候還錯覺他會上電視批評阿九的傾中政策呢。可是當毛清芬姊寄來這兩本書時，不得不惋惜一代英雄真的上天國去了。

回想一九六六年我赴大阪留學不久，一群在東京的台灣留學生天天上日本各大報的頭條新聞：在機場咬舌，血濺白襯衫；鐵鍊綑綁，示威抗議；國府密約，強制遣送……種種驚人駭聞衝擊著正在麻將店打工的我，讓我深深感佩這群愛國志士。一九七八年再度赴日後，終於有機會結識了這群神交已久的志士們，尤其許世楷兄夫婦、黃昭堂兄夫婦，待我如親弟。

張炎憲與陳美蓉花費多年採訪整理的《建國舵手黃昭堂》（吳三連台灣史料基金會出版），書中提到近現史中外人物數百人（張良澤也沾了一點小光）及重要國際機構，透過黃昭堂自己的故事，可說是一部活生生的台灣現代史書。陳國雄、黃淑蕙編輯的《追思文集》（前衛出版社），可做為史書的佐證。昭堂兄乾脆俐落地結束了八十年人生，卻留給台灣人龐大遺產。現在我不但不惋惜他，反而很羨慕他。

※中山醫學大學副院長陳滋彥兄大概聽林衡哲醫師說我已失業，需要救濟，所以每年叫我去講一場給醫學院學生了解台灣文化。今天（三月二十二日，禮拜四）特別印製了一張海報貼在大樓下面，難怪聽講的人比去年多了許多。我把三十五年前的一篇舊作〈小烏腳病患的一天〉複印給大家。一來鼓勵學生關心弱者，二來鼓勵學生多寫報導文學。然後再介紹陳永興的真人真事，鼓勵醫學院學生效法從大一開始就關心孤兒，而迄今不變初衷的陳永興前輩。

陳副院長還特邀了該校台語系主任廖瑞銘教授親領學生來參加。兩人都為我加分，實承擔不起。

《臺灣文學評論》

第十二卷第三期　二〇一二年七月十五日

※五月二日（禮拜三），林金悔兄偕台南市人許宏彰先生來訪。他獨力主持的鹽分地帶文化館，幸得商人許先生自願每周來做義工一天，所以他就可退休養身。我甚敬佩金悔兄開創台灣文化財保護之先聲，建議他退休之後，不妨寫寫回憶錄。

不料，幾日後，收到他送來的一本厚厚的《台灣文化行政微懺》（二〇〇八年二月六日，漚汪人薪傳文化基金會出版），記載他半生從事文化工作的足跡。我想起第一次見面是在淡水真理大學台文系辦公室，試看書中〈半世紀文教情〉（一九四九——二〇〇七日記摘要），果然於一九九七年九月三十日日記載如下：

淡水夜訪研究台灣文學專家暨文物收藏家張良澤教授，一進門，張教授就拿出備好的筆墨紙張要我題字，讓我受寵若驚，心想：「我又不是省主席」，直呼：「不敢！不敢！」後拗不過教授的誠意，寫下我的心聲「國家文學館，咱們的夢！」

我找出他的題字板，果然不錯。雖有些微出入，但已足夠證明林兄做事之細心及對自己負責之態度。當時他是首任「國家文化資產研究中心籌備處」主任，我建議他成立「台灣國家文學館」，他也贊同，所以才寫下此句吧。

其後不久，他邀我到羅斯福路的辦公大樓談文獻蒐集之事。不料，他還我一鎗，備好筆墨囑我題字。可惜我沒有寫日記的習慣，如今已想不起自己寫了什麼。

※老妹張百華住美國加州，與蔡英文的老哥一家人交往甚篤。妹夫連朝卿說蔡哥返台與家族聚餐，問我能否來北參加。我遂於六月三日（禮拜日）專程北上。

中午十二時準時抵達「海霸王」。三桌是親戚，一桌是友人，都不是高官或政治家，純粹是家族的敍舊。我被安排於蔡英文旁邊，顯得格外突兀。

蔡英文仍然淡裝輕服。飯間閒話家常，毫無政治氣味。談起當年兄妹讀書、打工情形，格外親切。座中有來自嘉義的親友，經營小型工廠，談起目前政府政策，中小企業頗難立足之苦狀。蔡英文仔細聽取，反應敏銳，所問皆切中要害。我暗中觀察，證實蔡英文是真正關心弱者且極為內行的有心人。

我笑談道：當年高雄殯儀館舉行文學家葉石濤的告別式時，第一次看到黨主席蔡英文致辭，聲音小得像蜜蜂，低頭害臊像少女，心想掉在谷底的民進黨選了這般黨魁，民進黨也告終了。不料每次選舉，蔡英文都出來站台去，氣勢愈來愈壯。到了選總統時，已成握拳吶喊的女豪傑了。

蔡英文聽了，含羞說：「那是民進黨訓練出來的。」

我來之前，衷心崇拜小英的高坂嘉玲、李雅淑等人託我紙筆，請本尊簽名。小英看到高坂保存的便當盒，甚驚訝，特題了「謝謝支持！」我則得到「台灣勝利」，並豎拇指合照，內心喊道：「我最敬佩的台灣女性！」

※六月九日（禮拜六），一大早趕車到嘉義大學蘭潭校區，為的是參觀鍾老大的盛典。豈料馬總統駕到，戒備森嚴，只得在大禮堂的貴賓室聽轉播。校長邱義源頒授名譽博士學位給鍾老大之後，接著就是馬總統勉勵畢業生的長篇大論。沒讓鍾老講半句話，我覺得美意減半。

鍾老着博士裝，意氣風發。證書上寫著「長期致力於國民教育、台灣文學及客家文化事務，對於台灣教育、文化及社會貢獻卓著。」故頒予教育學名譽博士學位云。鍾老當之無愧。

※六月三十日（禮拜六），今天由潘元石兄做東，招待台、日客人一日遊。

首先到立人小學參觀版畫研習營，恰逢研習營結業典禮，主持人便請客人輪流頒發結業證書，學員們格外高興。

第二站到開元寺。這裡是西川滿、立石鐵臣最懷念的地方。可惜西川潤為了趕回日本，便由蔡館長開車送到高鐵台南站，而未能同遊開元寺為憾。寺中住持親切款待，贈送每人一本厚厚的沿革誌及茶葉，午餐的素食料理令客人嘖嘖稱讚。

第三站到赤崁樓。立石鐵臣早年曾在此地畫了一幅〈古都台南 赤崁樓〉，臺灣總督府收藏並印製彩色明信片公開發行。我將此一明信片複印多張，贈送大會貴賓。現在立石畫伯子孫兩代人拿著明信片，找到當年作畫地點，兩相對照，果然完全一致；只是畫中的小樹已變成大樹，而紅磚階梯變成水泥階梯而已。我對畫伯不畫赤崁樓正面而畫側面圖，深感有趣。

第四站來到安平古堡。舊砲台、雞卵花、古城牆。元石兄解說典故，客人大感興趣。雅夫先生大女兒立石彩子小姐頗有其祖父之纖細感，我特為她拍攝一張〈安平壺中美人圖〉以資紀念。

安平巷中吃了別具風味的安平小吃，已是黃昏時分。返回旅舍，雅夫先生感激而說：日後他想來台小住，踏尋先父的足跡。元石兄大悅，私下跟我說：咱倆務必努力讓雅夫先生實現夢想。

《臺灣文學評論》

終刊號告別詞

二〇一二年七月十五日

之一

〈小助理的心聲〉

方冠茹（Fang, Kuang-Ju）

二〇〇一年七月，《臺灣文學評論》創刊號發刊，而我是二〇〇七年的一月，也就是《臺灣文學評論》七卷一期開始才正式加入這個團隊。還記得，第一次整理雜誌後面的「捐贈書刊史料徵信錄」，就被張教授連改都沒改的退回，時至今日，已經過了六個年頭。

這六年來，戰戰兢兢，常得跟時間賽跑，趕打字，趕校對，追作者校對進度，追美編排版進度，趕趕趕，追追追，時時刻刻繃緊神經，直到雜誌出刊，將雜誌寄出還不得放鬆，得等發刊過後二到三個星期，確定沒有接到訂戶的「客訴」電話為止，才能稍作喘息，這次的雜誌發行才能算成功！但鬆懈了兩天，又開始追趕跑跳蹦……。

一本世人評價頗高的《臺灣文學評論》，說穿了只靠四、五個人的團隊在支撐著。若問我：「忙嗎？」是真的很忙。「苦嗎？」其實不苦，這不是矯情的場面話。雖然連最初的打稿工作，都得自己來，但往往藉著幫文壇前輩們打稿的機會，搶先拜讀了他們的作品；有時候讀到渾然忘我，還會忘了動手指敲鍵盤。每當學校事務繁雜到讓我心情厭煩時，我會乾脆踢開雜務，開始打稿，將自己沉浸在文學作品之中，與世隔絕！

六年來，跟在張良澤教授和高坂嘉玲老師旁邊學習，還有與文壇前輩聯絡通信的機會，那個剛從學校畢業，傻呼呼的小助理，似乎有長大了一點。不料雜誌在十二卷四期就要畫下句點，雖然不捨、感傷，但「結束，往往是新的開始」！

この六年間、誠にありがとうございました！

之二

〈主編的話〉　高坂嘉玲（Kosaka karei）

《台文評》的停刊，如釋重負。每三個月的追趕，年復一年，終究還是來到了終點站。有人感慨，有人惋惜。

每次編排的壓軸，〈素朴の心〉專欄；活動的相片洗好，等著總編輯。編輯小組不敢問，更不敢催。摒住呼吸，期待著。好不容易，送來幾張原稿紙，助理們便開始敲起鍵盤。這是每回出刊前必演的戲碼。

每回的校對，更是苦差事。頭頭尾尾總共六次。因為我們的總編是超完美主義。累了自己，也累了大家。少了東，少了西，被罵是常有的事。只要總編急著要甚麼，大夥就像熱鍋上的螞蟻。美編也不例外。好不容易解決了問題，大夥還是緊繃著，等著下一波的來襲，直到美編送到印刷廠為止，才能鬆一口氣。氣還沒有鬆完，又到了下一期。週而復始，一晃十二年。

最後一期了，我問總編，可惜嗎？總編回答，隨便寫寫，趕快結束就好。我很訝異。我只能說：這種心情，真苦。

最後，感謝所有海內外的讀者、投稿者。感謝校對王曹公克服飛蚊症，一路相挺。感謝我的夥伴李雅淑，掃描少了妳，成不了事。感謝我的夥伴方冠茹，打字少了妳，成不了事。感謝我的夥伴方志信，世界級的排版少了你，成不了事。但是，我們也因此都練了一身金剛不壞之軀。

最感謝的……總編輯，您辛苦了。如果還有機會，我還是願意在您的旗下，當熱鍋的螞蟻。

二〇一二年十二月十二日寫於素樸居

之三

〈總編的話〉　　張良澤（L.Z. Zhang）

一九九八年十月十五日於淡水校區創刊《季刊 淡水牛津文藝》，至二〇〇〇年七月十五日第八期結束之後，本校台灣文學資料館南遷，遂於麻豆校區另創刊《臺灣文學評論》（二〇〇一年七月一日），至本期終刊號。前者八期，後者四十六期，前後共十四年、五十四期。感謝真理大學（前任校長葉能哲博士、現任校長吳銘達博士）花錢讓我實現了夢想。

當初沒人叫我編，是我自己要求的；現在沒人叫我停，是我自己要停的。停的原因是我自認為已經完成「階段性任務」，該可以向後人作個交代了。

感謝本館工作伙伴高坂嘉玲、方冠茹、李雅淑（已於今年十月離職）三位無加薪的奉獻；另有長期負責校對的曹永洋大師，不但沒有津貼，還要自行貼郵資；負責美編及印刷的方志信兄也不計成本為我跑腿。

也感謝長期訂戶及無數作者、讀友的支持。

最後希冀後起之秀，踩在我們肩上，再往上爬。再會！

之四

〈美編十載〉　方志信（Fang, Jhih-Sin）

可以持續十年以上的事情，在人的一生中會有幾回？是工作、是興趣、是志業、還是一種單純的義無反顧？總編輯張良澤老師給我的答案是：一直向前走的人生！

回想初次隨著印刷廠業務劉先生驅車前往麻豆校區拜見張老師當時，第一印象是一位搬運著一箱又一箱舊書的老長工，單薄泛黃的白色內衣，多處破皮的平底黑鞋，推著板車氣喘吁吁地穿梭在學生如織的校園，沒人會知道他是一位教授吧！連我都難以置信這樣的學者的形象！

十二年來編輯這份雜誌，側讀了一篇又一篇的佳構，除了發現人情事故在世代中有些恆久不變的情感價值，也暗自感嘆高舉文明科技的現代，並未真正的提升人類的情感溫度。迅速便利的感情傳遞方式，反而失去了藉由時間堆疊而產生的陳香滋味！難道，這也是文學的其中一種價值嗎？

太多人說他痴、說他狂說他瘋癲精彩，而我難能想像得到適合的描述；只深深覺得他是一個不折不扣的「忠心管家」，而主人是他心情中永恆存在的「台灣文學」。在張良澤老師的生命之中，做這件事情，已經不需要原因，不再需要為何了。

雜誌編輯終究是落幕了。而累積了十多年的默默影響，必然連鑄鐵都能磨成一把鋒芒的寶劍！《臺灣文學評論》正悄悄走進臺灣文學歷史中，站好了一個位置了。

臺南作家作品集 64（第十輯）
01　素朴の心

作者　張良澤
總監　葉澤山
編輯委員　呂興昌　李若鶯
陳昌明　陳萬益　廖淑芳
行政編輯　何宜芳　陳慧文　申國艷
社長　林宜澐
總編輯　廖志墭
編輯　林廷璋（櫞椛文庫）
封面設計　陳文德
內文排版　Aoi Wu

出版　臺南市政府文化局
地址　永華市政中心　70801 臺南市安平區永華路 2 段 6 號 13 樓
民治市政中心　73049 臺南市新營區中正路 23 號
電話　06-6324453
網址　http：// culture.tainan.gov.tw

出版　蔚藍文化出版股份有限公司
地址　10667 臺北市大安區復興南路二段 237 號 13 樓
電話　02-22431897
臉書　https://www.facebook.com/AZUREPUBLISH/
讀者服務信箱　azurebks@gmail.com

總經銷　大和書報圖書股份有限公司
地址　24890 新北市新莊市五工五路 2 號
電話　02-8990-2588

法律顧問　眾律國際法律事務所
著作權律師　范國華律師
電話　02-2759-5585
網站　www.zoomlaw.net

印刷　世和印製企業有限公司
定價　新臺幣 320 元
初版一刷　2021 年 5 月

GPN：1010901850 ｜臺南文學叢書 L136 ｜局總號 2020-592

國家圖書館出版品預行編目 (CIP) 資料

素朴の心 / 張良澤著 . -- 初版 .

-- 臺北市：蔚藍文化出版股份有限公司；臺南市：臺南市政府文化局，2021.05

面；　公分 . --（臺南作家作品集 . 第十輯；1）　ISBN 978-986-5504-20-5(平裝)

863.55　　109018043

臺南作家作品集全書目

●第一輯				
1	我們	·黃吉川 著	100.12	180 元
2	莫有無—心情三印一	·白 聆 著	100.12	180 元
3	英雄淚—周定邦布袋戲劇本集	·周定邦 著	100.12	240 元
4	春日地圖	·陳金順 著	100.12	180 元
5	葉笛及其現代詩研究	·郭倍甄 著	100.12	250 元
6	府城詩篇	·林宗源 著	100.12	180 元
7	走揣臺灣的記持	·藍淑貞 著	100.12	180 元
●第二輯				
8	趙雲文選	·趙雲 著 ·陳昌明 主編	102.03	250 元
9	人猿之死—林佛兒短篇小說選	·林佛兒 著	102.03	300 元
10	詩歌聲裡	·胡民祥 著	102.03	250 元
11	白髮記	·陳正雄 著	102.03	200 元
12	南鵲是我，我是南鵲	·謝孟宗 著	102.03	200 元
13	周嘯虹短篇小說選	·周嘯虹 著	102.03	200 元
14	紫夢春迴雪蝶醉	·柯勃臣 著	102.03	220 元
15	鹽分地帶文藝營研究	·康詠琪 著	102.03	300 元
●第三輯				
16	許地山作品選	·許地山 著·陳萬益 編著	103.02	250 元
17	漁父編年詩文集	·王三慶 著	103.02	250 元
18	烏腳病庄	·楊青矗 著	103.02	250 元
19	渡鳥—黃文博臺語詩集 1	·黃文博 著	103.02	300 元
20	噍吧哖兒女	·楊寶山 著	103.02	250 元
21	如果·曾經	·林娟娟 著	103.02	200 元
22	對邊緣到多元中心：台語文學 ê 主體建構	·方耀乾 著	103.02	300 元
23	遠方的回聲	·李昭鈴 著	103.02	200 元
●第四輯				
24	臺南作家評論選集	·廖淑芳 主編	104.03	280 元
25	何瑞雄詩選	·何瑞雄 著	104.03	250 元

26	足跡	· 李鑫益 著	104.03	220 元
27	爺爺與孫子	· 丘榮襄 著	104.03	220 元
28	笑指白雲去來	· 陳丁林 著	104.03	220 元
29	網內夢外—臺語詩集	· 藍淑貞 著	104.03	200 元

●第五輯

30	自己做陀螺—薛林詩選	· 薛林 著 · 龔華 主編	105.04	300 元
31	舊府城 · 新傳講 —歷史都心文化園區傳講人之訪談札記	· 蔡蕙如 著	105.04	250 元
32	戰後臺灣詩史「反抗敘事」的建構	· 陳瀅州著	105.04	350 元
33	對戲，入戲	· 陳崇民著	105.04	250 元

●第六輯

34	漂泊的民族 - 王育德選集	· 王育德原著 · 呂美親 編譯	106.02	380 元
35	洪鐵濤文集	· 洪鐵濤原著 · 陳曉怡 編	106.02	300 元
36	袖海集	· 吳榮富 著	106.02	320 元
37	黑盒本事	· 林信宏 著	106.02	250 元
38	愛河夜遊想當年	· 許正勳 著	106.02	250 元
39	台灣母語文學：少數文學史書寫理論	· 方耀乾 著	106.02	300 元

●第七輯

40	府城今昔	· 龔顯宗 著	106.12	300 元
41	台灣鄉土傳奇 二集	· 黃勁連 編著	106.12	300 元
42	眠夢南瀛	· 陳正雄 著	106.12	250 元
43	記憶的盒子	· 周梅春 著	106.12	250 元
44	阿立祖回家	· 楊寶山 著	106.12	250 元
45	顏色	· 邱致清 著	106.12	250 元
46	築劇	· 陸昕慈 著	106.12	300 元
47	夜空恬靜—流星 台語文學評論	· 陳金順 著	106.12	300 元

●第八輯

48	太陽旗下的小子	· 林清文 著	108.11	380 元
49	落花時節 - 葉笛詩文集	· 葉笛 著 · 葉蓁蓁 葉瓊霞編	108.11	360 元
50	許達然散文集	· 許達然 著 莊永清 編	108.11	420

51	陳玉珠的童話花園	· 陳玉珠 著	108.11	300 元
52	和風 人隨行	· 陳志良 著	108.11	320 元
53	臺南映像	· 謝振宗 著	108.11	360 元
54	【籤詩現代版】天光雲影	· 林柏維 著	108.11	300 元
●第九輯				
55	黃靈芝小說選（上冊）	· 黃靈芝 原著 · 阮文雅 編譯	109.11	300 元
56	黃靈芝小說選（下冊）	· 黃靈芝 原著 · 阮文雅 編譯	109.11	300 元
57	自畫像	· 劉耿一 著 · 曾雅雲 編	109.11	280 元
58	素涅集	· 吳東晟 著	109.11	350 元
59	追尋府城	· 蕭文 著	109.11	250 元
60	台江大海翁	· 黃徙 著	109.11	280 元
61	南國囡仔	· 林益彰 著	109.11	260 元
62	火種	· 吳嘉芬 著	109.11	220 元
63	臺灣地方文學獎考察 ——以南瀛文學獎為主要觀察對象	· 葉姿吟 著	109.11	220 元
●第十輯				
64	素朴の心	· 張良澤 著	110.05	320 元
65	電波聲外文思漾 ——黃鑑村（青釗）文學作品暨研究集	· 顧振輝 著	110.05	450 元
66	記持開始食餌	· 柯柏榮 著	110.05	380 元
67	月落胭脂巷	· 小城綾子（連鈺慧）著	110.05	320 元
68	亂世英雄傾國淚	· 陳崇民 著	110.05	420 元